中国书籍文学馆·散文苑

剪一个纸月亮

若兮——著

图书在版编目（CIP）数据

剪一个纸月亮 / 若兮著 . — 北京 : 中国书籍出版社，2014.3
（中国书籍文学馆 · 散文苑）
ISBN 978-7-5068-3971-6

Ⅰ . ①剪… Ⅱ . ①若… Ⅲ . ①散文集—中国—当代 Ⅳ . ① I267

中国版本图书馆 CIP 数据核字（2013）第 305206 号

剪一个纸月亮

若兮　著

图书策划　武　斌　崔付建
特约编辑　陈　武
责任编辑　刘　娜
责任印制　孙马飞　马　芝
出版发行　中国书籍出版社
地　　址　北京市丰台区三路居路 97 号（邮编：100073）
电　　话　(010) 52257143（总编室）(010) 52257153（发行部）
电子邮箱　chinabp@vip.sina.com
经　　销　全国新华书店
印　　刷　三河市华东印刷有限公司
开　　本　650 毫米 ×940 毫米　1/16
字　　数　178 千字
印　　张　14.25
版　　次　2014 年 6 月第 1 版　　2019 年 1月第 2 次印刷
书　　号　ISBN 978-7-5068-3971-6
定　　价　45.00 元

序

李敬泽

“中国书籍文学馆”，这听上去像一个场所，在我的想象中，这个场所向所有爱书、爱文学的人开放，不管是白天还是夜晚，人们都可以在这里无所顾忌地读书——“文革”时有一论断叫做“读书无用论”，说的是，上学读书皆于人生无益，有那工夫不如做工种地闹革命，这当然是坑死人的谬论。但说到读文学书，我也是主张“读书无用”的，读一本小说、一本诗，肯定是无法经世致用，若先存了一个要有用的心思，那不如不读，免得耽误了自己工夫，还把人家好好的小说、诗给读歪了。怀无用之心，方能读出文学之真趣，文学并不应许任何可以落实的利益，它所能予人的，不过是此心的宽敞、丰富。

实则，“中国书籍文学馆”并非一个场所，它是一套中国当代文学、当代小说的大型丛书。按照规划，这套丛书将主要收录当代名家和一批不那么著名，但颇具实力的作家的长篇小说、中短篇小说集和散文集等。“中国书籍文学馆”收入这批名家和实力作家的作品，就好比一座厅堂架起四梁八柱，这套丛书因此有了规模气象。

现在要说的是“中国书籍文学馆”这批实力派作家，这些人我大多熟悉，有的还是多年朋友。从前他们是各不相干的人，现在，“中国书籍文学馆”把他们放在一起，看到这个名单我忽然觉得，放在一起是有道理的，而且这道理中也显出了编者的眼光和见识。

当代文学，特别是纯文学的传播生态，大抵集中在两端：一端是赫赫有名的名家，十几人而已；另一端则是“新锐”青年。评论界和媒体对这两端都有热情，很舍得言辞和篇幅。而两端之间就颇为寂寞，一批作家不青年了，离庞然大物也还有距离，他们写了很多年，还在继续写下去，处在最难将息的文学中年，他们未能充分地进入公众视野。

但此中确有高手。如果一个作家在青年时期未能引起注意，那么原因大抵有这么几条：

一、他确实没有才华。

二、他的才华需要较长时间凝聚成形，他真正重要的作品尚待写出。

三、他的才华还没有被充分领会。

四、他的运气不佳，或者，由于种种原因，他的写作生涯不够专注不够持续，以至于我们未能看见他、记住他。

也许还能列出几条，仅就这几条而言，除了第一条令人无话可说之外，其他三条都使我们有足够的理由对这些作家深怀期待。实际上，中国当代文学的丰富性、可能性和创造契机，相当程度上就沉着地蕴藏在这些作家的笔下。

这里的每一位作者都是值得关注、值得期待的。“中国书籍文学馆”收录展示这样一批作家，正体现了这套丛书的特色——它可能真的构成一个场所，在这个场所中，我们不仅鉴赏当代文学中那些最为引人注目的成果，而且，我们还怀着发现的惊喜，去寻访当代文学中那相对安静的区域，那里或许是曲径幽处，或许是别有洞天，或许是，众里寻他千百度，蓦然回首，那人却在，灯火阑珊处……

·目录·

心态卷

行动卷

人生卷

自然卷

心态卷

把美好装进口袋里

有一个同事，长的很美丽，风姿绰约。却在经历婚变，老公花心且没有任何温情可言。

遇到这种事，对于每个女人来说都是世界上最痛苦的事情。尤其，对于我们安定保守的生活环境而言。但是她依然每天清爽靓丽的上班，给别人的都是春风拂面。

我们私交甚好，每每谈到这个事情时她美丽的脸庞总是波澜不惊，没有哀怨亦无愤慨。她说："人从自己的哭声中来到这个世界，又在别人的哭声中离开这个世界，我觉得这个中间的过程应该用空白来填补。"

佩服她，因为她在用自己的生命践行这个过程，用自己的努力快乐来填补这些苦涩的空白。我们都知道，无论离开或者是接着留下了，伤害都早无可弥补的刻在她心里，还好，她是懂得善待自己的，一直在平静地面对一切，婚姻的空壳，孩子的牵扯，情感的煎熬，她都在积极地承受着。也许她的心里也有很多的泪，但是她一直在微笑，这微笑让她光彩照人，别样美丽。

相信，她最后的选择，离开或者留下，都一定有她自己的理由。无论离开或者留下，我都祝福她。

认识一个博友。因为博客评论里一个嘻嘻笑的表情。

忽然感觉可爱而纯真的想过去看看，去了，看见了一处人生绝美的风景。

七岁那年的一个黄昏，一场意外事故让她那叠千纸鹤做泥娃娃的五个手指无情地遗落在这场悲剧里，同伴娇嫩的生命从此陨落，幼年致残和亲眼目睹丧友的莫大人生悲痛从此将她的笑靥湮灭。她想过遗弃生命，又不得不在父母绝望无助的伤心里苦撑起人生。这其中的痛苦也许真的不是常人所能理解的，但是她没有关闭自己的心门，在亲人老师同学朋友的关怀下，她把自卑痛苦和生活的种种不方便都克服掉，拥有了平常心和美好平和的日子，上学，工作，而且都是那么的优秀。

记住了她说的几句话："其实道佛儒三家同源，道选择远离，佛选择回避，儒选择经历，第一步真正适合我们的，其实还是儒家的经历。经过便是福气，努力让我们的内心变得勇敢、强大，把痛苦的经历消化成经验和体会，便是好的，莫沉迷也莫沮丧，一切往前看才是最重要的。"说这些话的她只有 26 岁。

她叫"轻寒蓦然"，朋友们喜欢叫她落入凡间的精灵，我想，因为她带给人的是怎样学会把人生的苦痛化作美丽的珍珠。

有人说人一出生就要背负一个口袋。

当我们呱呱落地时，这个口袋随之降世。随着成长，会陆陆续续地收入很多东西，比如：朋友、知识、学业、健康、地位、名利、成就等等一切美好的事物。

当然，与一切美好事物对生的依然存在，比如苦恼、烦闷、忧愁、伤痛……

对此，请记住一句话：永远不要将它们收入口袋。因为，再大的口袋容积也会有限，如果让这些东西占据了一定的空间，那么，美好自然就会减少存储量。

让我们都努力在人生的口袋里装进一些美好吧！哪怕伤痛不可避免地袭来，也要努力把它化解和丢弃！

那么，人生便可以轻松上路，哪怕是流着泪的微笑，哪怕是把痛苦化成美丽的珍珠！

岁月不问你是谁

岁月是什么？

站在时光的门槛上，注视着岁月又翻过一个新的页面，忍不住思索着这样的问题……

读着那“瓶子里的茉莉，叶子已不再绿，窗棱上的水滴，渗透进墙壁”的诗句，想：这渐行渐远的岁月呀，风干憔悴着容颜，却又隐忍着内心的坚持。

生命是一场恢弘的行走，带着诸多可能性，从如水单纯走到无限繁复。于是，生来时的那一声啼哭变成了现在的一声叹息，那曾经的热情好奇也变成了漠然的无语。

你看，所有的快乐都总是那么的短暂，而最刻骨铭心的却是那些痛苦的回忆。看着青春被岁月摧残，爱情被世俗考验，纯真与美梦皆已破碎，便发觉美丽的终端，脆弱不已。

在情与情的交织中，在心与心的撞击中，能使人感悟到生命的厚重和活着的真切实在，会感到深深的痛，还有深深的爱。而这些，都是岁月刻在心灵的印记。

可是，依然在新的年轮里忍不住的回望，回望那一路走来的花香和荆棘。深吸一口新鲜的空气，生发出新的希冀，告诉自己，每一种创伤，都是一种成熟，而每一个结束，都是一个新的开始。

情缘或者生命，都只是指间滑落的水滴，随时都在失去，就像我们的岁月，当我们以为我们可以把它拥抱，倾诉我们的苦痛或欣喜，却发现，它已经轻轻地擦肩而去。

人生不过是一场短暂的雨，我们都只是在异地的屋檐下躲雨的路人，雨过后就会各奔东西……不是想感叹相聚的匆匆，别离的无奈，只是想说：聚也依依，散也依依。我们，还有什么理由不珍惜？

……

或者，岁月是从墙上流过的光影，岁月是春天枝头的花开是秋天一地的落红，岁月是人们睡眠中悄悄过往的来客，岁月是一页页随着日出日落撕掉的日历……但是，它从来都不会问你是谁！

真的，
岁月不问你是谁，
哪怕此刻你正流着泪，
真实生命的四季都很美。
不知不觉的轮回，
让你我他又长大了一岁。
让我们共同为活着干杯，
让我们一起为我们的岁月写下：
无怨无悔！

换个角度 改变自己

生活中的很多事情，是我们无法改变的，或者是暂时无法改变的，这个时候只有换个角度，改变自己。

而改变自己，首先先要学会改变自己的心态。

现代社会生活节奏瞬息万变，人际关系错综复杂，和我们最无缘的，似乎是快乐！就连娱乐圈的人们也因为压力大等原因，过多的明星英年早逝了，真是让人觉得快乐简直太奢侈了。

那么什么才是快乐呢？快乐其实就是一种心态。

当我们面对别人比我们更多的财富的时候，我们就该换个角度想想自己拥有的平和的岁月也是一种幸福。

当我们抱怨别人都不喜欢我们自己的时候，我们就应该反省自己是不是哪里做的确实不太好。

当我们一次次为失败而痛苦的时候，我们就应该想想是不是我们还没有找到成功的方法

还有爱情，人总会变，曾经的地老天荒变成劳燕分飞，有人就会去恨，用一生的时间，其实转念想想，恨何尝不是一种情感呢？没有刻骨的爱就没有刻骨的恨的，被恨是一幸运，恨人的，又是何等的痴情啊！快乐与否，其实就在一念之间。

当我们无法改变外物的时候，我们就来改变自己的心情。林清玄说："外刚内柔的人，一旦受到挫折，就容易走极端，外柔内刚的人，则会自我挣扎，难以放松。"所以只有内外皆柔软的人，才能在意念之间相互转换，达到人生的释然和随意。

这样的人生，总是自己在决定自己，而不是由外物左右，快乐，当然就伴随身边了。

改变自己，还要学会改变自己的做法。

你做推销，你就不能因为遭到拒绝就不继续工作，你是军人，就不能等有了英雄精神再去打仗，你是老师，就不能因为教育形势不好就不用心上课，你是学生，也不能等有了灵感再去作文！

有些事情，纵属不愿，也是必须！

既然是必须，就等想办法解决。

愚公选择了移山，其精神可嘉，但是做法却绝不可取。

只为走过一座山就要子子孙孙无穷匮的挖山下去，真是一条道走到黑了！我们知道山是可以绕的，再不行搬家也简单的多啊，做一件事情，当我们用一种方法难以奏效时，不妨换一种思维方式，换一种角度。

孟母为了孟子的学习和发展，三次搬家，选择好的环境。鲁迅本是寻医留学后来变成弃医从文。那些对孩子不好的环境孟母无法改变，但是她选择了搬迁，文学大师鲁迅发现再强壮的身体也不能救中国时，就改变自己的救国方向，用文学来唤醒国人麻木的精神。

虽然我们都是凡人，但是，我们同样有我们人生的坐标，有我们想攀登的山峰，当我们遇到这样那样的困难不能向前时，不妨换个角度，也许就会柳暗花明。正如在大海上行船一样，也许我们无法改变风的方向，但我们可以改变帆的方向。那么我们就可以长风破浪会有时，直挂云帆寄沧海。

当然，改变自己绝不是郑人削足适履的做法，那是愚蠢的人为了适应改变了自己的本质，也不是为了私利曲意逢迎的行为，那是小人改变自己本心的奴颜媚骨，改变自己当是一种快乐的好心态！一种生存的大智慧！

人生路上，每个人都经历悲欢离合，如果所面对的无法改变，那就改变我们自己的心情！每个人都有自己的奋斗方向和人生坐标，如果奋斗方向错了，就应及时调整；人生坐标定位错了，就要移动生命的坐标。只有改变了自己，才会最终改变别人，只有改变自己，才能最终改变属于自己的世界。

人生不过是一场短暂的雨

我常常想，人生的相遇不过是一场短暂的雨，我们都是在异地的屋檐下躲雨时的路人，雨过后就会各奔东西。

你不喜欢这个说法，对吗？有点凄凉的味道，有点孤独的感觉，是吗？让我慢慢说给你听吧。

你是一个聪明的男孩儿，是我的学生。你有着大把大把葱茏的时光，所以你肆意挥霍，我曾经苦口婆心谆谆教诲，奈何你嗤之以鼻不以为然。这个屋檐下，我们似乎总是在做老鹰抓小鸡的游戏，直到有一天，雨停了，你离开了我的屋檐，继续上路。那路上啊，你坎坎坷坷，跌跌撞撞，再回首，你向守在屋檐下的我说："对不起，为什么当初不懂你的爱？"我蓦地哭了，又笑了，你是千百个孩子中的一个，每一个几乎都在重复相同的故事，其实孩子们啊，你们当初的不懂，早就包容在我当初懂你们的心里。

师哥，你在天堂还好吗？我的鼻子和眼睛因为这仰望天空的一问，又忍不住酸楚了。现在正是人间四月天，风光无限好，可是，却再也没有人能让我牵着衣角带我去看桃红柳绿梨花白了，于是我每进博园那淡淡的无聊的意绪就挥之不去，有一些安静的时刻，我会去读你旧日的黄昏，仿佛看到你划着佛陀给你的桨划向人生的远方，我便不由得吟诵起云水谣，吟着吟着，刘若英的歌便会清清白白的飘荡，“那天的云是否都已料到，所以脚步才轻巧，以免打扰到我们的时光，因为注定那么少，风吹着白云飘，你到那里去了，想你的时候喔抬头微笑，知道不知道……”

爸，我店里的墙终于垒好了。平整开阔的院子，盖了很多彩钢的房子，还有新置的设备，如果你看到了，也会由衷地笑的，这是你生前念念不忘的女儿的事。爸，有一个台湾作家叫龙应台，她有一句话大家都深有同感，“我慢慢地、慢慢地了解到，所谓父女母子一场，只不过意味着，你和他的缘分就是今生今世不断地在目送他的背影渐行渐远。你站立在小路的这一端，看着他逐渐消失在小路转弯的地方，而且，他用背影默默告诉你：不必追。”可是，我又觉得这句话不完全对，其实不只是孩子对父母来说渐行渐远，父母对于孩子来说，何尝不是呢？爸，此刻，晨曦微露中，我坐在我的院子里给你说话，我找不到你的半点身影了，因为你已经在天堂入口处拐弯，永不回头。爸，今年母亲节小萌萌给我写了一封信，里面有一句话：“妈妈，你的爱，陪我到人生的一半，我的爱，要陪您到老。”此时想起，我的眼泪又忍不住夺眶而出。

亲爱的老公，遇到你真好。有那么多浪漫美好的句子都能用来形容爱的相遇，我唯独最爱这一句。感谢命运让我遇到你，我们共同搭建了一个屋檐，用柴米油盐交错出悲欢离合的日子，而在这些日子里，我越来越坚定地相信：世间再没有一个男子可以给我这样的幸福。我们不富有，甚至我们一直也不平安。但是，那些风风雨雨一起坚守的日子啊，还有那些灵魂经历了痛苦的历练后艰难的升华，都让我们一步一步，把彼此融进彼此的生命，再也不可分割。所以我们什么也不怕，因为，你就是我我就是你。这个屋檐，尽管贫寒普通，但是因为有爱，却是最美好的家园。所以啊，如果要我给这个屋檐加一个期限，我希望，是一辈子，如果还可以再加，我祈祷，是生生世世。然而我又知道，终究有一天，我们也会有一个先行离开这个世界，留下另一个徒守伤悲和孤独，所以我会念及林觉民《与妻书》中的句子，“与使吾先死也，无宁汝先吾而死。”是的，我宁愿你先离开，也不愿意我先你而去，因为我知道，没了我你怎么活得下去呢？所以，把这份苦痛留给我吧，在夫妻缘分的最后一滴雨停时。

现在，你相信了吧？人生的相遇，不过是一场短暂的雨，我们都是在异地的屋檐下躲雨时的路人，雨过后，就会各奔东西。为什么我的眼里常含泪水？你一定懂了吧，那是爱，是感激，还有，珍惜，珍惜……

在心里种花

其实，我们每个人心中都有一座美丽的大花园，如果我们愿意在这里为别人种花，这花就会芬芳别人，快乐自己，那么，我们心灵的花园就永远不会荒芜。

——题记

喜欢一个这样的故事：

一个年轻的记者到非洲某地去采访，途中要穿过一片沙漠，一位非洲老人知道他要穿越这片沙漠后，说自己也要到那边去，年轻人想，即使再慢，也要陪老人一起走。

过了沙漠，老人说："小伙子，你们整日奔波，太辛苦了，相比起来，我们的日子就要悠闲得多喽！前面的路好走了，我就不再送你了。"说完，老人又向来时的沙漠走去。老人的话让年轻人既吃惊又感动。

吃惊的是，老人过得这样艰难，却同情他！感动的是，老人竟是在送他！

多么美好的故事啊，老人用一颗悲天悯人的心，用年轻人觉察不到的方式来帮助他，是多么的善良和智慧！而年轻人，本想陪老人一程，却意外的得到了老人的帮助。可见，生活中心存善念的人，收益的总是自己。而人生之路，怀着一颗善心出发，我们总能收获太多意外的感动！

这善念，首先应该是一种乐观的心态。

林肯说："人的快乐程度多半是由自己决定的。"文中的老人自己生活得如此艰难，还在同情和帮助年轻人，是多么的乐观和豁达！生活不可能尽如人意，幸福的本质不在于你喝水时用的是金杯还是银杯，关键是你喝到了甘甜的水。我们不能改变天气，但是我们可以改变心情。不思进取固然不可取，但是知足常乐珍惜拥有也未尝不是达到幸福的心路啊！

人生的幸福与否，不取决于财富的多少，而完全取决于人的心态，生活尽管充满艰辛和苦难，但如能以积极的心态看待人生，那么，我们将会永远是最幸福的人。

像贝多芬，年幼丧母，双耳失聪，却紧紧扼住命运的咽喉，创作了那么多伟大的乐章，虽然他自己听不到，但是能让全世界的人们在他的乐曲中受到激励和震撼，他难道不幸福吗？

这善念，更是一种美好的奉献。

而奉献，是多么美好的情怀啊。春天奉献了百花散发的缕缕芳香，夏日奉献了碧水带来的阵阵清凉，落叶奉献了枝头的累累硕果，东风奉献了纯净的皑皑白雪。两弹元勋邓稼先把毕生精力都献给了我国的国防事业，身患绝症后，依然谋划核武器发展大计，真正做到了"春蚕到死丝方尽，蜡炬成会泪始干"。

奉献，何其美好；奉献，又何其艰难！于是，喜欢这样一个比喻：

人好比是一只空杯，里面的水满了，你得给别人一半，待杯子又满了，再给人一半，只有不断地进，不断地出，你杯里的水才能是活水，你这个杯子才能有价值。如果只进不出，你那只杯子就再也装不进水了。当你得到一杯水的时候，你别忘记了，其中的一半是奉献。

相信，平凡的我们从这个比喻中也能领悟很多，其实，有时这奉献不过是举手之劳，一次无偿的献血，一个跌倒时的搀扶，甚至一句关切的问候……这奉献，让我们的生命像一朵美丽的花开放。让自己的生命为别人开一朵花吧，能为别人开花的心是善良的，能为别人生活绚丽付出的人是不寻常的人。

可是，看看我们的生活，见义勇为越来越成为傻子的行为，多一事不如少一事，越来越成为明哲保身的座右铭，而往往这时，我们会可悲的发现，当对小偷的行为视而不见，对犯罪行为熟视无睹时，被残害的可能会是我们的家人，被偷盗的可能会是我们的家门！也许，这个社会太多的丑恶让我们善良的念头退却，让我们正义的拳头低垂。但是，那让我们望而却步的毕竟还是我们人类自己！

而故事中的年轻人心存善念，便意外的收获了一份帮助，可见，这善念的最可爱之处，便是：送人玫瑰，手留余香。

这个社会里，我们都是独翼的天使，只有相互簇拥，才能飞上美丽的天堂，与人方便，就是与己方便，帮助别人，就是帮助自己。于是感动那个盲人的故事，他点着灯行路，不但照亮了别人，也让自己免于被撞！多么明亮的一盏心灯！我想，即使那爱心，不能很快在我们的身上回报，爱的传递也会让我们收获更多的幸福。

冰心说：“爱在右，同情在左，走在生命的两旁，随时播种，随时开花，经过这一径长途点缀的鲜花弥漫，使穿枝拂叶的行人，踏着荆棘，也不觉得坎坷，有泪可落，也不觉得悲凉。”

我想，其实我们每个人的心中都有一座美丽的大花园，如果我们愿意在这里为别人种花，那么，我们的世界就永远香气弥漫，我们心灵的花园，就永远不会荒芜！

早餐凉了

有这样一则小故事：

一个人刚入禅门，求佛心切。第二天早餐时，他就迫不及待地向师父请教想了一夜的问题：

第一，我们的灵魂能不能不朽呢？

第二，我们的身体一定会化为乌有吗？

第三，我们真的会投胎转世吗？

第四，我们如果能投胎转世，那么能不能保留这一世的记忆呢？

第五，习禅能让我们解脱生死轮回吗？

……此人一口气向师父提了十几个问题，正当他准备继续问下去的时候，却被师父的一句话打断了："你的早餐已经凉了。"

这真是个充满禅意的故事。当我们也在关注这个求佛之人提出的诸多问题的答案时，师父却用"早餐凉了"一下把我们拉回了现实。

"早餐"有什么寓意？

"早餐"是个象征，既可以是日常的衣食住行，也可以是生活的实践。当一个人忽略了眼下该做的事，或者无法身体力行的做好当下的事情时，又有什么必要追问理想在哪日实现？

林清玄在《眼前的时光》一文中说："几乎所有的宗教都在强调来生的重要，也告诉我们过去的罪孽多么可怕，因此许多宗教徒都活在过去的赎罪和未来的寄托之中，却忽略了眼前的时光。？其实，眼前的时光才是最真实的，要去地狱或天堂都应该从眼前起步。"

或者，我们更深一层的想一下，假如，灵魂可以不朽，也能投胎转世，那么，它们的意义何在？就算我们一味的修行，也认为能走好当下的每一步，可是，方向正确吗？这是一道人文题，不是数学逻辑题，因此答案不会是唯一的。

让我试着来回答一下吧。

第一：生命的真义是体验，是当下的体验。

这是大多数人都能想到的，与其"坐而论道，不如面壁参禅"，与其"临渊羡鱼，不如退而结网"。过不了理想的生活，就过有理想的生活，怀揣着理想过好每一个平常的日子，其实就在向着理想迈进。

第二：假如，灵魂可以不朽，也能投胎转世。那么，它们将变得不再珍贵，因为没有唯一性，没有紧迫性，一切都可以在来世得到补偿，那么，谁还会在意当下？其实不只是不会在意当下，连前世和今生也不重要了。那样的话人们或许会更痛苦，因为都没有权利结束想要结束的，自己都不是灵魂的主宰了，还有什么真切的体验呢？

第三：就算我们一味的修行，也认为能走好当下的每一步，可是，方向正确吗？

如果方向不正确，即使一步一步顶礼膜拜，又怎么能取到人生的真经？

所以往深层次来说，不但我们要走好当下的每一步，而且要不断地观察和思考，方向对不对？如果不对，就应当及时修正。

第四：一个关于《犟龟》的故事

一天，小乌龟在洞前吃着树叶，忽然听到一对儿鸽子在交谈：狮王二十八世要举行婚礼了，它邀请了所有的动物都去参加。小乌龟心想：为什么我不去参加这有史以来最热闹的婚礼呢？去狮子洞的路程很远，但对于从未见过世面的小乌龟来说，的确是一个很大的"诱惑"。经过认真思索，第二天，小乌龟终于上路了。途中它不仅遭到其他动物的嘲笑和阻止，而且还走了许多的冤枉路，但是小乌龟始终在说："我的决定是不可改变的。"在遭遇二十八世狮王身亡婚变的情况下，它仍然前行，最后有幸赶上了狮王二十九世的婚礼，看到了最盛大最美丽的场面。小乌龟如愿以偿，它感到自己"非常幸福"。

这个过程中一些细节问题值得注意，比如，被人嘲笑腿短，时间不够，甚至狮王二十八世因为大战已经死了，都没能改变它的决定，这就是我们说的，走好当下每一步，即使目标遥不可及也要坚持和努力。但是还有一个细节特别好，那就是小乌龟被告知一开始方向就是完全相反的时候，却不再犟了，而是掉转头去走正确的方向，因此说不但要走路，还要思考，如果自己思考不到的，还应该听取别人正确的劝告。

当然，故事的结尾非常理想化，但是，我们可以想，即使看不到盛大的婚礼，小乌龟肯定也会说：我很幸福，因为我做了我想做的事情，结果已经不重要了。

第五：《命若琴弦》

这是一个苍凉的故事，里面都是人生的无奈，老瞎子和小瞎子一生最大的希望就是见到光明，可是这是不可能的，面对一个根本就没有方向的人生，怎么办？还是唯有一步一步走下去，去走向一个根本不能实现的虚无，用手指弹断一根根弦，用脚步丈量一座座山。所以，是不是又回归了那个禅的故事的本宗：人就是活在当下的？

第六：我们的生活实际

我们的爱人也许不是我们的最爱，但是我们已经不能回头选择，所以也要真诚地去爱；我们的工作也许不尽如人意，但是我们也要尽量努力；我们的生活也许不是我们想要的那般美好，但是我们也要一边享受一边创造。骑驴找马，也许是一种比较聪明的办法，但是即使是骑驴找马，也要先善待这头驴，才有可能找到好马。所以，还是活在当下。

只是，我们不是像驴马一样活，而是要有思想的活着，适应应该适应的，改变能够改变的，计划敢于计划的，奔向所希望的——这，或许可以回答故事中那个求佛之人所提的问题吧。

心灵的温度

总觉得，自己是一掬水。

随着清泉的叮当，随着小溪的欢快，流入江河，汇入海洋。凡尘俗事，我无可挣脱，喜怒哀乐，我照单全收。“花自飘零水自流”带着水的随意，我为生命变换着形状。

虽然，心也会随着风浪的席卷而凄楚，但是已经不会觉得委屈。拥有着这样的一颗平常心，我便守候着宽厚的大地。

但是，结冰的时刻身不由己。即使在阳光下炙烤的时刻，伤人的恶语，突然的失去，莫名的伤感，瞬间的失落……让心灵一下子降到零度。世界只剩下脚底下的方寸土地，承载着躯壳，心就被这样封冻，失语。变成笑时看不见的泪，变成人群中落寞的背影。

仰首，没有春的繁华；低头，都是秋的惆怅。

不甘心，我要逃。逃脱那冰冷的枷锁，逃离那瞬间的凝固。

我想飞。我想化成蒸气，袅袅升空，成为云朵。可是，那融化的理由在哪里？那飞翔的翅膀谁来给？

我知道，只有自己。

我要给自己心灵一百度的炽热，去融化那零度以下的坚冰。走过成长的岁月，就不可以再是娇纵的孩子；经历着人情冷暖的练达，就不可以再是任性的自我。

轻声低叹“对酒当歌，人生几何”，不在乎那“譬如朝露，去日苦多”。只想种一粒快乐的种子，告诉大地——我不痛苦。只想给自己一个微笑，告诉自己——我已经把痛苦化成了珍珠。

冰冻的时刻，让我心中的炽热燃烧吧。用爱、善良和宽容做火种，我的心就可以升腾成云朵。

我知道，升腾成云，我拥有的便不再只是大地，还有那高高的天空。那里，一片蔚蓝……

剪一个纸月亮

夜晚，我静坐桌前，一本书，一盏茶。在氤氲的香气中淡淡品着人生诸味，一份宁静也在心里渐渐沉淀。

忽然，眼前一片漆黑，停电了。光虽然是无声的骤然消失，却似乎有"啪"的一声响似的。也许是习惯了有灯光的夜晚？，只要有那一室的光明，就觉得温暖从容。所以此刻，我感到无比沮丧和失落。

"什么时代了，还停电！"嘴里抱怨着，站起身来，我知道家里没蜡烛的。可是，过了一会儿眼睛适应过来时，发现居然有亮光透过窗帘。拉开，呵！月亮，居然有像玉盘一样的月亮！

我竟然忘记了，今天是元宵节。

身居乡村，节日气氛已经随着新年的鞭炮声渐渐远去了。更何况，我本是没有过节的心情的。父亲的病在阳历年的时候突然加重，看着他半身瘫痪意识不清的痛苦模样，病房内外我们几个儿女不知流过多少眼泪，他才只有 55 岁呀！又加之，婆家也连年不顺，经济拮据，今年过年，5 岁的小女儿都只是洗了洗旧衣服就算过了年。还有年前工作上的那份伤痛也让我难以释怀，职场的倾轧把本来淡泊名利的我卷入了无谓的纷争。

哪还有心思张灯结彩呢？

思绪游移间，凭窗而立。住的屋子是二楼，抬眼看窗外，没了房屋的遮挡，月亮高悬于空中，异常明亮。她像一个历尽繁华的女子，温柔地注视着村落。房屋和树丛本就被这几日的雪披上了白衣，此刻在月光下更是发出了银色的光芒。

月儿，你是为了阻止住雨雪的脚步吗？雪花，你是为了和这月儿交相辉映吗？

于是，心忽然也变得明朗起来，那沮丧也偷偷的从心里逃了。

是啊，没电的夜晚，至少还有月亮。可是，没有月亮的夜晚呢？

阴晦的日子，天上的月亮隐匿了。没有月亮的时候，光阴在身上走过，日子是灰暗的，痛苦便来啃噬心灵。

那些生命中经过的疾患、挫败、误解、伤痛、悔恨……攻不破嘴，便来攻那心了。白天游走在尘世中，便想，那车流可不可以把自己撞得灰飞烟灭？夜晚辗转难眠时，那枕头又怀揣起多少肆意的泪水？

这个时候，月亮在哪里？天空没有月亮，可是心空呢？

看着窗外皎洁的圆月，想起了一个看过的小故事，唐传奇中的，叫《纸月》，说有一个人能剪个纸月亮，给自己看。

叹服之余，便是感动。生命不是战争，何必让最大的敌人成为自己？

病痛袭来时，不妨告诉自己正好可以好好休息一下；挫败打击时，就给自己一点时间重整旗鼓；误解淹没笑容时，叩问自己的心，它无愧，任由时间去评说吧。就是那爱，那伤，也要相信，都会过去的……

这个世界上，没有过不去的事情，只有过不去的心情。不要让日子缩小得只剩下顾影自怜，善待自己吧，在没有月亮的夜晚，剪个纸月亮，给自己。

那么，明天，会是一个朗朗晴空；人生，便是绝佳的风景！

面朝大海　春暖花开

课间休息的时候，坐在办公桌对面的同事幽幽地说："我决定了，放弃挣扎。"我饶有兴味地看着，她似乎经历很无奈的斗争后，长长的吐口气，然后静静地靠在椅子上，我笑，"挣扎？"

"是的，这些日子，最难面对的是周一，总会觉得连说话的愿望都没有，甚至总想逃离自己本该坚守的位置。"

"哪些挣扎？"我问。

"经济，工作……理想和现实的矛盾总是让人难以提起热情，我今天决定，放弃挣扎了。"

我看着她微笑，这个同事，敬业，工作能力一向很强，平常也很沉静踏实，执着超乎常人，这让她在工作上几乎无人匹敌，却一向不争名利，一直是佩服她这份认真和淡泊的，却原来内心也有这样不可挣脱的困扰。

想起了看过的一个小故事：

有人问一个作家："你写过一只跳过田埂的羚羊，写过一条爬过初冬的壁虎，还写过特立独行的石子，是为了表现什么？"他答："表现一种挣扎。"这个人很惊讶地说："你生活得不好吗？没有房子没有车子？"作家没有再回答他。

因为他知道，一个用物质来衡量世界的人，原本就不会懂得生命的孤独，更不会懂得挣扎。

想着这些的时候，我说："那就降低目标，暂时饶了自己吧。"

看着她冲我微笑之后，又低头忙碌了。

我却沉思起来。

人因为有了精神世界而丰富，又因为精神世界的丰富而多了更多的矛盾。

当精神世界的希冀很高的时候，却又在最基本的物质生活都不能保证面前如此无力，那么，最后，只能把这种挣扎放弃了吧。

忽然想到了《士兵突击》里的许三多，那个让人忍不住笑着流泪的人，在他的心里是一片最纯净的无欲无求的天空，而那片天空下，是开满花儿的。

我们不是许三多，所以，我们在这个人物面前充满了感动和惭愧。

尽管我们努力不去在乎天气只去在乎自己的心情，尽管我们不想惧怕冬天的寒冷只去生活中寻找温情，然而，所有的努力，不过是一个简单的轮回，没有多少时候，便又回到原来的出发点。我们可以改变暂时的心情，却难以改变心境。

所以，能做的就是暂时的放弃吧。

之所以说暂时，是因为不可能永远，当一颗心已经站在了一个高度的时候，恐怕想低落下来也是不可能的。

我想，或者抬头的一片天，或者偶然飞过的一只鸟，或者只是一个眼神，一个话语，也许就让自己忽然决定放弃了。这些暂时的放弃，掐断了自己的忙碌，暂停了自己的浮躁，冷却了自己的心切，也让自己的心灵暂时休憩。

张爱玲说："每一只蝴蝶都是从前一朵花的灵魂，回来寻找自己。"那么，今生我们来世间的目的，无论贫富，无论顺利坎坷，是不是就是来追求一种内心的幸福愉悦？当一种矛盾不可调和时，倾向于关注自我，引领内心的愉悦，就该是最人性化的选择了吧。

而这种选择，或者就是有时候暂时的放弃，暂时饶了自己，让自己有力气来喘息，让自己可以暂时从容地拥有沉静惬意呢？

于是，想起一句话，“面朝大海，春暖花开”。这是一幅多么美丽的画卷啊，一幅内心精神的恬淡愉悦与外部世界的芬芳惬意结合的精美画卷。在沉静幽微中，又流转飞扬着宏阔与磅礴。

而这些，是我们内心世界的一种幸福气象，一种和美的感觉。

那么，当我们的生活不可能真的是每天面朝大海，春暖花开的时候，为什么不能在某些瞬间给自己这样一个心灵的世界呢？哪怕，我们是暂时的放弃挣扎，哪怕只是暂时的向生活妥协。而这并不是说我们一味的向生活妥协，而是学会善待自己，当有一些目标我们暂时无力达到，当有一些烦恼我们暂时无力摆脱，为什么不把这种内心对唯美的期望暂时放弃呢？

很多时候，我们不快乐，不是因为拥有太少，而是因为欲望太多。暂时的放弃，或者只是为了给自己一颗平常的心，从而更好地轻装上阵。

……

哦，亲爱的朋友们，虽然外面依然是数九寒天，但是春天的脚步确实已经近了，在你的心里有没有面朝大海，春暖花开？

心花怒放

看《士兵突击》的时候，有一句台词曾经记忆深刻。

班长史今离开军队的时候，许三多撕心裂肺地哭喊着："不好！"用尽力气趴在班长的行李上垂死挣扎……班长史今说："三多啊，像你这样的人，心里开着花呢，一朵一朵的，多好看啊！"

那个时候就是那样的被震撼和感动了！一个在别人眼里蠢笨无能可笑的三多，在班长眼里却是心里开花的人！那该是多么的美丽和芬芳？

这花朵，是一个人心灵的执着、善良和坚韧。

那么，我们就有理由相信，一个拥有美好品质的人，他的心是可以开花的！

有人说，心字之所以有三点，是因为一个人的心并非完全属于他自己，三分之一给工作，三分之一给大自然，还有三分之一给了友爱。

想想，不无道理。

可是我觉得，所谓的"三点"不能是一个确数，就像"三人行，必有我师"一样。所以人的心也许更好的比喻是像一朵花，中间的花蕊是自己，而一颗最美丽的心灵应该是一种怒放的姿态！

那片片花瓣展露出很多的美好，不只是工作、自然、友情，还有正义、坚韧、善良等一切美好品质，和爱情、亲情、热情……一切美好情感。

不是吗?

索取时你的心是张网，憎恨时你的心是支利箭，痛苦时你的心是块石头，放纵时你的心是沉溺的无底的海……

只有当你用忠贞和心爱的人牵手红尘时，你的心才是真正的逍遥；只有当你用行动在父母面前尽孝时，你的心才是真正的踏实；只有当你用奉献给了别人美好时，你才能闻到自己手心的香味；只有当你用拼搏赢得成功时，你才会有发自内心的微笑!

而这些时候，你的心就是一朵怒放的花！为别人，雪中送炭或者锦上添花，为自己，坚忍不拔或者踏踏实实!

不管是事业还是生活，只要你是有心人，你的生活都将是生机勃勃。

庄子说："哀莫大于心死。"心死是人生最可怕的境界。究其原因，是因为早就没了自己，一个没有花蕊的人，把花瓣寄托在别人身上，当依靠忽然抽身时，便不能承受得了，因为心已经死了。像"死亡博客"里跳楼自杀的"北飞的候鸟"，因为老公的变心就对这个世界彻底失望了，一个把心寄托在别人身上的人，最后只能是花自飘零水自流了。

所以让心灵之花永开不败的秘诀就是：爱。

爱别人，但是，也要爱自己!

记着，我们的心可以是一朵花。中间的花蕊是我们自己，而那些花瓣就是我们对这个自然，这个社会，这个人生的最努力的绽放!

那么，你的心便不但是朵怒放的花，还可以花香阵阵，彩蝶翩翩了!

发芽的心情

我家院子里有一些树，和一些花。

石榴是让我心疼的，因为野猫在冬天把它的皮，都吃光了。然后今春它依然长出了红色的芽，如今，正是灿烂五月，它经过了一树火红之后，已经挂满了许多小灯笼。

老枣树发芽总是最晚的，也最令我揪心，因为它是位饱经沧桑的老人，是婆婆的老爹在婆婆是出嫁时带过来栽种在女儿新家的。因为枣树特别沉得住气，万物萌发后，它才慢悠悠的发芽，以至于我每年都担心，它是不是已经睡过去了？真好，今年，它依旧满院绿荫。

只是，石榴和枣树身上，总有一些枯枝，横亘在鲜绿的叶子中，有的，甚至还挂着去年干瘪的果，我能伸手够得着的地方，都会轻轻掰去这些枯枝，掰去的时候，我特别注意是清脆还是柔韧，如果清脆，我就能听到树枝义无反顾的死亡，如果柔韧，我会再等一等，再等一等，看它会不会晚点发芽。

无花果最有趣，每年我们都用稻草包裹上它日渐粗壮的枝干，但是，每年开春打开来，它都已经死亡。然后过段日子，地气回暖后，它便从地底下，长出新的枝桠，不到夏天，就可以把旧的枯枝遮掩了。

还有三丛月季。每年我都会在深秋剪掉它们的枝叶和最后坚持开放的花，只剩下地面很少的部分裸露在外，而每年春天，再长出新的枝条时，那花，分外鲜艳和硕大。然而，不知道为什么，今年却有一丛死去了，春天来临时，它固执地不再发芽，只留伤痕累累的一小截枯枝在地面上，没有任何绿色的痕迹。

这是为什么呢？为什么去年开得好好的花，今年却死去了？为什么同一棵树上的枝条，别的依旧花繁叶茂，有一些，却暗自凋零了？

是生命力不够吗？这大概是我们给生物最好的回答。可是，是什么让它们失去生命力了呢？我百思不得其解。

近日看书，林清玄一篇《发芽的心情》，让我心有戚戚，并由此生发了许多新的感想。

“是不是，有的果树不是不能复活，而是不肯活下去呢？就像有一些人，失去了生的意志而自杀了。或者说，在春天里发芽也是需要心情的，那些强悍的树被剪枝，它们用发芽的心情来补偿，而比较柔弱的树被剪枝，则伤心地，失去了春天的期待与心情。树，是不是有心情呢？”林清玄在文中询问自己。

一定有的，世间万物都有心情。我在心里这样想着。

一条河流，不再潺潺地流淌，一定是因为它的心里没了欢乐的歌。

一只燕子，没有回到旧巢，一定是因为这里没了它的爱情。

一棵树，不再发出嫩绿的芽，一定是因为风的肃杀雪的寒冷还有园艺师剪刀下刻骨铭心的痛，让它失去了发芽的心情。

可是，每年的春天里，依然有许多小溪流欢歌着奔向远方，有许多燕子啁啾着在新的檐下搭筑新窝，更有许多树，发出新芽，长出新叶，秀美繁茂，伸向更广袤的天空。

因为它们抗击着寒冷，忍受着疼痛，保持着发芽的心情，勇敢地过了冬天。

我知道，一棵树的心情，跟我们人类是一样的。

每一天，我们都可能遭受意想不到的不如意的打击，你面带微笑向这个世界问一声早安，这个世界回报你的，未必都是同样的温情；每一年，我们都可能要在平平淡淡中，经历一些大大小小的波折，你再努力，也不可能得到全部的平安顺遂；每个人的一生，都要经历各种各样的痛，命运是一把巨大的剪刀，让我们永远在得不到和已失去中流淌着自己的血，岁月尽带风霜，寒冬里，它无情地盘剥着每一个人最简单的幸福和快乐。

于是，有许多人，失去了发芽的心情，他们活着，是一棵内心日渐枯萎了的木头，春天已远，永不再来。

而有些人，虽然也同样经历了这些打击，在静夜里，轻轻在心底唱着《白月光》，“每个人，都有一段忧伤，想遗忘，却欲盖弥彰”，他们，也会黯然地流下泪来，但那些泪，在一个新的春天来临时，却往往成为最好的肥料，因为，他们永远保持着发芽的心情，便能在流泪流血之后，依然抽新枝，发新芽。

我喜欢这样的人，也敬佩这样的人。

我想，这样的人等待的只是春风罢了。这春风，可能是一个朋友伸出的热情的手，可能是一段恩仇相逢后的泯然一笑，可能是一段情终于安放在心里的释怀，也可能是晨曦中枝头鸟儿的一声脆啼，可能是黄昏时落日云彩的那一道金边。

或者还有更多更多，只等，只等和你那发芽的心情相会的那一刻，你的春天，就会款款而来……

心的菩提

曾经很喜欢一句话：“侧畔沉舟，静阅千帆之过，笼中剪羽，仰看百鸟之翔。”把它挂在自己的个性签名上，感觉像一面平静的旗子，在心海里昭示着波澜不惊。

有一天，一位新识的朋友说，你不快乐，不信读读你的个性签名吧。我不信。因为我觉得自己很快乐啊。但是，我不固执，于是我重新读，难道这不是一份安之若素吗？即使沉舟静卧，即使笼中剪羽——且慢，怎么又感觉哪里不对了呢？为什么你是一只侧畔的沉舟？谁又说你是一只笼中的鸟儿？

原来，你一直都认为，自己没有一片大海可以扬帆起航，没有一片蓝天可以自由飞翔。

这个发现，让我心头有些苦涩。总会听到朋友们说，读你的文字，我会忍不住流泪。我每次听了都觉得自己的文字写出了别人的心声，却原来，我一直都在用挥之不去的悲情，塑造着看似快乐坚强的自我。

那么，真正的我在哪里，真正的快乐又在哪里？这一问，让我那么的茫然，又那么的痛苦，旧的我倒下了，新的我怎么站起？

我开始找寻。从行色匆匆的人群里，从日出日落的时光里，从单调重复的琐碎里，从充满智慧的书籍里。

说起读书，我一直惭愧，不敢轻言这两个字。似乎也是读了不少书，但似乎又什么也没读，因为读书是为了生存，而不是为了真正的爱。

真正的读书，是要伴随着思考和表达的。我是急性子的人，但是读书却是读得比较慢，又喜欢反复地来读、思考和回味，也拿自己的现实来对照和验证，从生活中去践行和甄别，渐渐地，居然也学会了在读书中提升自己。

我知道，生活是最好的大学，而我们都还是这所学堂中的孩子。所以我一直在寻求自我的路上学习着。

在朋友的推荐下，我读了一本《羊皮卷》，问了一些人，知道的竟然不少，但是似乎每个人接受和理解的都不同。依然是读得很慢，读了一遍之后，把书安放在喜欢的地方，内心是愉悦的。因为我读懂了一部分的自己。

读懂了什么呢？我发现，有一种力量叫选择。原来，我们的日子，每天不过是在做无数道选择题而已。选择了敌对和怨愤，就是不幸和悲剧的开始；选择了理解和接纳，就是祥和和幸福的结局。这种力量，我们每个人身上都有。而我，也可以选择一种明澈的快乐，而不是强作的深沉。

我把这些告诉那位说我不快乐的朋友时，他说，你的心里已经有五瓣花开，很美。

我感谢他真诚的褒奖。虽然他接着说，你的心已满了。我知道这也是真诚的告诫，所以书我还会继续读，或者是《羊皮卷》，或者是别的。当然，还有我浅薄的思考。

我也爱浅薄地思考大家都喜欢思考的一个话题：幸福是什么？

幸福只是一种感觉——大多数人都这么认为。那么，这种感觉又是什么呢？

林清玄说：幸福来自于自我心扉的忽然洞开。我喜欢这个理解。

就如在阴云中突然阳光显露，彩虹当空。

就如迷雾过后，一条小路清晰地延伸向远方。

就如繁华落尽，一枚果子安静地挂在枝头。

没有过不去的事情，只有过不去的心情。自我心扉的忽然洞开，就是学会了尊重，学会了从容，学会了宽厚，学会了有情。对别人，更是对自己。

心扉一旦洞开，你就会有新的自我站立而起。虽然之前也许要经过一段长长的狭窄的痛，甚至于对有些人而言是凤凰涅槃一样的毁灭，但是你真的洞开了，美好的你便从此站立，内心的力量也逐渐会强大起来。

我喜欢一个朋友向我描述的一种感受，他说："现在我很喜欢镜子中的自己。曾经我很年轻，年轻得脸上光长痘痘，可我的目光很空洞，我没有方向感。现在我不再年轻，白发不知不觉就显眼的冒出来，可我知道我的内心已很平静，放眼周围，哪都可能是方向，走到山中，就在山中小憩，就近水边，就用水来涤足。"

我知道了，对于他来说，其实改变的不只是岁月，还有自己对自己的观照。这是一种内心的自我观照，从过去到现在，人一直都在出发的途中，上路，只是为了上路，而从来不知道为什么上路，要去向哪里。忽然有一些时候学会了观照自己的心灵，学会了擦拭自己心灵上的尘埃，看到了自己昨日和今日的不同，并且为今天的存在感觉到美好，这种美好并不是剔除了人生的困苦和不幸，而是忽然变了心境和认识，所以生活悄然变得处处鲜活了。即使过去看到的绝路也有了柳暗花明，即使过去不喜欢的阴天也有了一番风情，所以人生处处是方向，处处都是路了。所谓"走到山中，就在山中小憩，就近水边，就用水来涤足"，大概就是那种不管什么境遇都会用很好的情味去面对的心境，即所谓的一花一世界，一叶一菩提。

何为菩提？菩提是指佛教中觉悟的境界。世事纷乱，人心迷惘，能让自己在意志消沉和心浮气躁中重新充满希望，坚定信心，平和安详，便是菩提。

当然，无论怎样觉悟，作为凡人，我们一定还有消极意绪的存在，但这恰恰才说明我们是有情的人。

所以，心的菩提，或许不是一种境界，而是一种方向——如果内心平静，哪儿都是方向，只要我们已经上路就好。

如果我们每个人都能先成为自己的菩提，再成为别人的菩提，多好。

残 心

“放茶具的手，要有和爱人分离的心情。”这句动人的话，是日本茶道鼻祖邵欧所说。

喝茶的人，大都对茶具十分考究，那放茶具的手，一定是轻巧而温柔，带着十分的呵护了。这种心情，在茶里，叫“残心”。

残心？这是个听起来让人伤感的名字，让我们想起那些残败的爱情。和爱人分离时，一般都是怎样的心情呢？痛苦吧，“恨不生同时，日日与君好”；怨恨吧，“人到情多情转薄，而今真个不多情”；遗憾吧，“此情可待成追忆，只是当时已惘然”；无奈吧，“还君明珠双泪垂，恨不相逢未嫁时”；还有那绵绵或者刻骨的恨吧，“人生自是有情痴，此恨不关风与月”。这些，似乎都和温柔呵护扯不上丝毫关系啊。

可是，假若和爱人分离已经命中注定，若能有如放下名贵茶具的手那么细心，把诀别的痛苦化为祝福的愿望，心中没有丝毫的恨，留存的只有珍惜与关怀，该是多么美好的心情。

而拥有这种心情的人，才是真正懂得爱的人。

三毛和荷西的爱情里，有许多柔软动人的话。荷西问三毛：你想嫁个什么样的人？三毛说：看的顺眼的千万富翁也嫁；看不顺眼的亿万富翁也嫁。荷西：说来说去还是想嫁个有钱的。三毛看了荷西一眼：也有例外。那你要是嫁给我呢？荷西问道。三毛叹口气：要是你的话，只要够吃饭的钱就够了。那你吃得多吗？荷西问。不多不多，以后还可以再少吃一点。就是这样的爱情里，荷西依然另有所爱了。三毛对他说："去吧，一年之后如果不适合，你就回来。"我想，这才是三毛情话里最柔软动人的。

一代才女林徽因传奇的恋情中，也有一段佳话。林徽因爱上金岳霖的时候，很沮丧地告诉梁思成："我苦恼极了，因为我同时爱上了两个人，不知道怎么办才好？"梁思成非常震惊，然而经过一夜翻来覆去的思想斗争后，第二天他告诉林徽因："你是自由的，如果你选择了老金，我祝愿你们永远幸福。"我想，这也是一个男人对爱的伟大呵护吧。

这两个故事，很能说明情感的上乘品质。这种上乘品质，就是面对爱人离开时候的内心的善良和柔软。这种柔软，就是残心的升华。

没有经过残心的升华，一个人就无法拥有真正温柔的心。

同样，我们的人生也需要这种境界。

美好的人生并不在于永远有逆境，而是不管顺逆，都能用很好的情味去面对。生命中很多东西，是我们必须承受的，我们不学驿外断桥边的那支梅，因为寂寞开无主而到黄昏独自愁。我们要学那已经盛开过的残荷。不因繁华落尽而落寞，不因日渐枯萎而伤感，当雨打荷花点点时，留得残荷听雨声，这是多么美妙的心情！

这种心情，是残心升华后的心情，我把它叫做欢喜心。

假若我们有了欢喜心，则晴天时看晴，雨天时看雨，春天能够享受花红柳绿，冬天也能欣赏冰雪风霜了。

就像一条清澈的溪流，流过了草木清华，也流过了是石畔落叶，它欢跃成瀑布时，激情昂扬，不受拘束，平缓成湖泊时，也幽深恬淡，不受局限了。

所以，我们要评断一个人格调与韵致的高低，评断他成熟与否，就要看他能不能拥有这种欢喜心了。

心生欢喜或者欢喜心生，都是内心已经找到自我的一种表现，也是发现自己没有丧失爱的能力的表现。

若能拥有这种心，那生命便可以既如夏花之绚烂，也可以如秋叶之静美了。

最后，再让我们回到喝茶。

境界高的茶师，并不在于他能品味好茶，而在于他对待喝茶这整个动作的态度，即使喝的只是普通的粗茶，也能找到其中的情趣。

如此，你找到人生快乐的真谛了吗？

给心灵换水

最近的日子离文字很远。

曾经也在生活的间隙里端坐电脑前，但是敲敲打打，终不成一言。文字无法在我的指尖上翩翩起舞，生活无法在我的心灵里行云流水。

起风的秋天，爸爸忽然走了。生命中至爱的亲人化作了永远的相思雨，从此回家的路上多了挥不去的惆怅，妈妈骤然苍老的额头也牵引着更多的悲痛和怜惜。当一份曾经的温暖化作断肠的凄凉，时间这剂良药的效果太缓慢了。

长长的一声叹息之后，便是无语。

我知道，人生所有的际遇，最终，都是别离。不是吗？？但是，生活依然得继续。

继续埋头做家务，继续埋头赶路，继续埋头工作……

冬天的生活总是比往时不易，天气的寒冷加之家务的繁忙，让一双本就瘦弱的手变得粗糙，手心的纹路像是把心操碎了的人。

今年的学生很难带。全办公室的老师们每天都念叨这句话。是的，因为只是普通乡中，生源全是被淘汰过的，一群生马匹子一样的孩子们，无所谓也无所畏，软硬不吃，令你的刀枪和温柔都无孔可人。

静坐的时候，喜欢看窗外白杨的枝条，它们萧疏地指向寂寥的天空，还有窗台上那瓶已经枯萎的花，看着它们，我的内心愈加萧索。

我知道，那些积极向上的信念，那些琐碎中安静浪漫的情思，那些过滤掉生活杂质的文字，是我依然惦念和不舍的，可是，我该如何把这一切找回？

感谢那个黄昏，我读到了这个故事：

一位信佛虔诚的居士，每天以清雅的花送到寺院去供佛。

他对寺院里的无德禅师说："我不求什么。只是每天整理花草、剪下花朵，送到寺院供佛，我的内心就会特别宁静、清凉、轻安，这是我每天喜欢来供佛的原因。"

无德禅师说："是啊！学佛心中应无所求，当下就是清净。"

居士说："但是回到家就会有烦恼，心不得安宁！我要用什么方法，让我的心清净呢？"

无德禅师说："花瓶里的花经过一段时间后就会凋谢，你知道能用什么方法让鲜花保持新鲜吗？"

居士说："要时常换水。因为花的茎浸在水中容易腐烂，无法吸收水分供给花朵，花就容易凋谢。所以必须要每天换水，并且剪掉烂掉的梗及茎，这样就能保持花的新鲜。"

无德禅师说："人心有如花朵，周围的环境就像瓶里的水，要想保持一颗清净纯洁的心灵，你就得每天给自己的心灵换水，并剪除心灵的花梗。"

在这样充满禅意的文字里沉静着。

一定是我的心灵也有了腐烂的花梗，那些离别的痛楚让我对人生的相聚多了几分害怕，那些工作的压力让我远离了享受付出的快乐，那些生活的琐碎消磨了我的耐性和安然，文字，该是心灵之花的纯美绽放，而如果，那花梗已经是被锈迹沾染，被杂质侵蚀，那么，心灵之花怎么能不枯萎呢？

其实，我知道，生命本身就意味着生老病死，生活每天都充斥着悲欢离合，生存也是诸多困厄和考验，只是，我被它们牵引着，努力自拔，却难以自拔而已。

那么，今天，就让我拿出一把剪刀吧，剪掉腐烂的花梗，给我的心灵换上一瓶澄清的新水，让自己从逝去者身上懂得珍惜，从远离者身上学会理解，在工作的烦恼中寻求快乐，给生活的琐碎加一份诗意吧。

学会给心灵经常换换水吧，我相信，在这样的净化过程里，我一定能找到一份新生活的源动力，让自己无论处于哪种境遇里，都能让心灵之花从容美丽地绽放，赏自己的心，悦别人的目！

“参禅何须山水地，灭却心头火亦凉。”把这句话送给我自己，也送给我亲爱的朋友们吧，愿你们的心头永远安静，从容，美丽……

生命的奇迹

胡杨，活着千年不死，死了千年不倒，倒了千年不朽！这，就是生命的奇迹。

——题记

当洁净的莲花从淤泥中挣扎而出，当倔强的小草在暴风雨后挺直身躯，当藏羚羊为了保全腹中生命向猎人跪拜，当唐山大地震中的七岁女孩以唱歌延续生命直至被救……于此，不禁令人慨叹，生命，真是充满奇迹。

当人们都为霍金的不幸遭遇感到同情时，霍金，这位勇敢的人生斗士，坐在轮椅上仰望苍穹，探索茫茫天际的奥秘，《时间简史》的横空出世，让他成为与牛顿不分伯仲的时代伟人，面对女记者的尖锐提问，他在键盘上敲下："虽然我的身体被禁锢在轮椅上，但我的手指是灵活的，我的思维是活跃的……"是啊，正因为霍金有着"泰山崩前而不动"的坚强意志，有强烈的生存欲望和奋斗目标，才创造了生命的奇迹。

在洛杉矶大地震中，虽然人们劝阻那位执着的父亲放弃寻找困于废墟已久的儿子，但父亲没有理会，他用手挖瓦砾，搬砖头，坚持不懈。当从教室的角落里传来儿子清脆的叫声“爸爸，是你吗？”父子二人紧紧地抱在一起。因为一句“我会永远和你在一起”，让儿子坚持生存，才有了那幅令人潸然泪下的父子相见的画面。

生命，平凡而脆弱，可一旦有了信念作为支持，就变得坚强而充满奇迹。

你怎么会相信，在一棵遥不可及的苹果树的诱惑下，有人能耐过干渴穿过撒哈拉大沙漠？你怎么会相信，在悬崖峭壁上，竟有几棵苍松“咬定青山不放松”？你怎么会相信，在一场熊熊大火中，渺小的蚂蚁却能安然逃生？造物主实在是太伟大了，他在造就万物的时候，还不忘为生命注入一些神奇的力量，让万物化险为夷，创造奇迹。

如果说，生命是一座花架，那么顽强拼搏则使它变得繁花似锦，五彩缤纷；

如果说，生命是一方沃土，那么艰苦奋斗则使它变得郁郁青青，充满生机；

如果说，生命是一片星空，那么执着坚守则使它变得繁星闪烁，熠熠生辉。

世间万物都不停地为生存而创造奇迹，生命因奇迹的发生而更加绚丽。或许，生命本身就是一种奇迹，信念就是创造神奇的驱动力！

为生命的奇迹赞叹！为信念的不倒喝彩！

给我一个微笑，好吗？

初夏，午后。我拖着昏沉的身躯走进超市入口那个银饰店。

颈椎疼得厉害了，头晕，恶心，四肢无力。如果不是正好办点事情路过这里，我是不会进来的。我来买一条项链，银的。我喜欢银饰，轻巧，便宜，不怕被我这样整天忙乱的人糟蹋。

四海银堡。被灯光映衬得银光闪闪的小店铺里，坐着一个女孩。二十出头的样子，齐耳短发，黑黑瘦瘦，跷着二郎腿坐在柜台里，没有其他顾客，她在摆弄着手机。

“你好，我想买一条项链。”我冲她微笑着说。

“自己看吧！”她不抬头，扔出一句话，没有温度。

这拒人千里之外的态度可不像售货员，我心里掠过小小的不愉快。可是我没有力气转身就走，既来之则安之，买我想买的东西就好。于是，我继续挑选。

“这个，多少钱？”隔着玻璃柜，我指着一款项链问道。

“你想买多少钱的？”她依然坐着，只是抬起头来，黑瘦的脸上尽是不耐烦。

“便宜的。”我看着她平静地说。

“便宜的是多少钱？”她直截了当地问。

"几十块钱吧。"我依旧平静地说。

"没有！"她硬邦邦的扔出这句，就又低头玩自己的手机了。

我是不是该安静地走开？别的店家有的是，何必非在这里硬把钱给根本就不爱搭理我的她？可是我走进了这里，而且我看价签上也有不少一二百价位的，怎么会没有我想要的？

于是，我又问："你们的东西打几折？"

"三五折。"女孩漠然的回答。

"那可就奇怪了，这标价一二百的有的是，打折过后不就是几十块钱吗？"我不温不火的继续问。

女孩不做声，甚至不抬眼皮看我一眼。是懒得理我。我有些纳闷了，我长得不太难看吧，而且穿得也没那么寒酸，并且一直这么笑容可掬，怎么会这么招人厌呢？

"帮我拿这条看看。"我买东西就这个习惯，谁也不会影响我的心情。

她终于站起身来，无奈的。走过来，拿出我手指的那一条项链，面无表情的递给我，我看看，有些太细，"再换这一条看看。"我又指着另一条，她依然一声不吭，递给我。

"好了，就这条。算算多少钱？"我对女孩说。

"69。"她按按计算器。

我没有揶揄她，递给她一百。开票，找零，我还没吃午饭，得赶紧回家。

"现在戴吗？"女孩拿着项链问我。

"戴？戴就戴上吧。"我说。于是，她取过剪刀剪掉价签，递给我。

可是，当我戴在脖子上照镜子时，忽然发现项链有些短，刚才我都没有试一试。

"我想换一条，这条太短了。"我说。

"不能换。"女孩冷硬地说，"已经剪掉价签了。"

“可是我还没离开这里呀，而且我刚才都没有试。对了，是谁让你剪掉价签的呢？”我忽然想到这个问题。

“是你说要戴，我才帮你剪掉的。”她说。

“我说戴上也没有要你剪掉价签呀，对吧？”我反问她。

“不能换就是不能换，没了价签怎么卖呢？你看那边好多没价签的项链，都卖不了了！”她指着柜台角落说。

“可是那些没有价签的项链是怎么回事呢？这不是自相矛盾吗？”

“反正，不能换。”她黑着脸坚持。

这我可就不干了。不能再陪她玩了。脑海里闪过一个画面：把你老板叫来！看看你这是什么态度！不是我让你剪的价签，马上给我退费，我不要了！如果她敢顶嘴，还可以把项链扔她脸上！我就见过食品店里一个女人揪着一个售货员脑袋打的情景，当时还觉得那个女人太泼妇了，今天看来，这售货员也挺会逗火的！

不不，那我自己岂不是先要付出加倍的怒火？我从来都不会这样做，更何况我本来就头昏脑胀呢？看着女孩皱巴着脸的样子，我忽然想起女儿说的一个比喻——妈妈不高兴时脸就像一块皱巴巴的抹布。对，她的脸现在不就像一块皱巴巴的抹布吗？想到这里，我忽然笑了。

“先不说这条项链能不能换，请你先给我一个微笑，好吗？”我说。

女孩抬起头来，一片茫然，她被我问懵了，不知道什么意思。

“从我进到这个店里来，你都在黑着脸，我买的东西是不贵，几十块钱，可是，就是买几块钱的东西，我也叫顾客，对吧？对待顾客，买卖不成仁义在，你为什么要这样爱答不理的对待我呢？所以，今天我不管这条项链能不能换，请你，先给我一个微笑，好吗？”我平静地说，一字一句，温温和和。

女孩诧异的脸微红了一下，显出窘迫的神情。但是，很快，她又辩解道："我对谁都这样。"

"你为什么对谁都这样呢？因为你今天心情不好吗？"我看着她的眼睛问。

"嗯，"女孩点头，答应。而且，她的眼眶一红，居然差点落下泪来。她吸吸鼻子，抬头看我，像个委屈的邻家小妹妹，"我今天心情不好。"

哦，这就是了。也许，被老板骂了，也许，和男朋友吵架了，也许……我这么想。

"心情不好的时候，更要多笑笑。你们这里镜子多，你可以自己去照照，真的都不好看了。"我用十分真诚的口气说，丝毫没有讽刺她的意思。

她终于变得不好意思起来，脸上的表情柔和多了，"其实，所有的项链都是一样长的，你感觉短，是因为这个坠儿比较小，如果换一个比较长点儿的坠儿，就没事了。不然我都拿出来让你比一比。"她对我热情起来。端出了一盘子项链。

我取下自己脖子上的，对比了几条，真的一样长。

"不然这样，你再换个坠儿，好吗？"她对我说道。

"好。"我心情愉快起来，这个女孩子，其实和我教过的一些学生也没什么区别。

等我换好了一个吊坠儿，转身刚要离开的时候，我听到女孩儿的声音从背后传来："您慢走。"这声音，透着真诚，绝不只是商业性的客套。

于是，我回头看她，她正在冲我微笑。平淡的脸庞，因这微笑有了动人的光泽。

"这样，多好看！"我由衷地夸奖，"以后，多笑笑，其实，生活没什么大不了的。"

我也冲她笑笑，带着愉快的心情还有令我满意的项链，离去。

流行风

周五下午，我在2班上课。

安排好学习任务以后，我去自己班外看了看，因为每周这节课的老师总是因各种情况而不上课。

隔着门，我能听出没有老师。推开一点门缝，我看到有轻声说笑的，有三五一群探讨问题的，有两个比着背书的，有急急忙忙写作业的，整体还算正常。

只有薛会一人离开了本组，正蹑手蹑脚站在三组崔磊的背后，同桌看着他偷偷笑。薛会手里捧着很大的蓝色气球一只，正用尽全力在崔磊后脑勺运力。“啪！”的一声，在相对较安静的教室里炸开来。

崔磊“啊呀”一声抬起头。学生们有憋不住哈哈笑的，有蓦然抬起头惊恐的摸摸胸口的，还有狠狠瞪了薛会一眼的。彼时，我正好推开门站在门边。崔磊看薛会，薛会看大家，大家看着我，我看着薛会。

薛会随即讪讪的，攥了已经爆烂的气球想逃，但是又发现没地方去，只好红着脸回了自己座位。

我没说话，意味深长地看了薛会一眼，出来了。

去2班上课，我在教室里巡回看每组讨论情况。忽然，“哗！”

的一声，一组的刘潮站了起来，有水像淋浴一样从他头顶流下来，顺着脖子衣服开始滴答。教室很静。大家表情怎么看都是诡秘。我挑挑眉，平静地问："什么情况？""哈哈！"学生们哄堂大笑。刘潮掸着自己身上的水，红着脸不敢说话。

"老师，他玩气球了，气球吹开，装满了水，刚才他摆弄来着，气球破了，于是……"同组的女生乐不可支地出卖了他。

"哦，"我点点头，"那我只好送你两个字了。"我说完了之后闭嘴，一脸波澜不惊。

"活该！"全班同学异口同声的冲着刘朝喊道。颇有默契。

继续上课。但是我在空挡的时候蹲下身子一瞥，好家伙，桌子下面的水球还不少，并且，女生也参与其中。怪不得近日课间，两个班里总有学生衣服湿湿的尖叫着追跑，奥秘在这里啊。"都扔了，别的课上更不能再玩。"我简短地说，然后继续上课。这个情况要和2班班主任沟通。

下了课，我还没出2班教室，腿快的学生跑回来喊我："快去看，你们班女生正给气球灌水呢！"语气里充满着明显的兴奋。

我出去，趴着栏杆从三楼看着，看我班三个女生捧着刚灌好的气球小心翼翼地正往楼上走。我就笑吟吟地看着她们低着头奉若珍宝般的捧着水气球，好不容易捧到三楼了，就伸手等着她们。先上来的两个红着脸把宝贝给了我。另一个的个儿最大，看见同伴被抓获，我正挡着她的路，居然下意识的绕过我就跑进了教室，看热闹的都笑了。

我不疾不徐地握着两个小水球，跟进教室，冲那个大水球的主人用下颚点点，她也知道自己掩耳盗铃的可笑，万般无奈的冲我讪笑着捧着大水球过来了，嘴里还哼哼着试图给我撒娇好保住心爱的宝贝。没用的，今天我不吃这一套，也把这个接了过来。

彪子跑过来，兴致勃勃的问我："老师，这个怎么处理？""怎么好玩怎么处理，让它最大限度的实现价值。”我说。彪子接过去，走出教室，站在栏杆外，冲着下面没人的空旷地方抛出去，水球来不及落地就溃散成美丽的水花。

“进教室。”我对外面的学生们说。

然后站到黑板前，我写了一个大大的“风”字。我们利用课间两分钟聊一个话题——“风”。

“自然界每天都在刮风，这是非常正常的现象。人世间每天也在刮一些风，这也是正常的现象。有一些时候，人世间的风会刮得猛烈一些，就叫，流行风。”我边说边在“风”前加了两个字——“流行”。

学生都安静地看着我，安静地听。每次我真诚而心平气和地和他们聊天，他们都会显示出这种发自内心的专注。

“但是，流行风，有的好，有的不好，对吧？”我问。他们点头。

“比如这些天我们班里就一阵一阵的流行风。首先是采花，这个风我也参与了，因为我喜欢花，而且我发现我们大家都是路边采来的野花，装点了我们的课桌，明媚了我们的心情，那几朵野花，几棵路边的野桃树会原谅我们的。所以，我们也可以原谅我们自己，姑且当作好风，可以不？”我又问。

“可以。”他们表示赞同。

“那前段日子的那些小蝌蚪呢？你们把小蝌蚪逮回来装在瓶子里，居然还故意给小蝌蚪投毒——用那些垃圾染色玩具放进去，小蝌蚪都死了吧？我问过你们蝌蚪为什么会死？你们嬉笑着说有人放了东西了，当时我没搭理你们，现在我问你们，少一只蝌蚪，地球上就会少一只青蛙，那么一只青蛙死去，地球上会多多少只害虫呢？”我语气有些沉重。

班里一片静默。

“好，这个风，算是什么风？”我借机追问。“坏风。”有人小声嘟囔，更多的人脸上是懊悔和自责。

“那么，再说气球吧，前些日子我已经发现你们故意拿气球去吓同学。我们不是开什么聚会，这个可以烘托气氛。正常学习的时候，尤其是上课，若故意拿这个气球去吓正专心学习的同学，会扰乱整个班同学的学习，严重点说，万一有心脏病的人，会被吓死的。这不是危言耸听，你们信不信？”我一脸严肃。

“信！”学生们郑重点头。

“好，那我问你们，如果今天你都不能分清什么风该跟什么风不该跟，那么，明天走上社会，有人拉你去打劫，有人拉你去吸毒，你也会去的，你们信不信？”我更加严肃地问。

“信！”他们更加郑重地点头。

“所以，如果你不会辨别和把握自己，随便跟着风乱跑，可能就是你脑子里有病了，这就是什么呢？”我回身，在“风”字上加了一个病字框，黑板上赫然出现了一个字：“疯”！

我看着学生们的表情，都有点触目惊心的样子。好，这就是我要的效果。

“好了。”我放松了口气，放松了表情。“希望我们八年级1班同学能够不盲目跟风，并且引领我们学校的文明之风。好吧？”我用商量的口气。

“好！”我听出异口同声里的一份了悟。

“那你们上物理吧，不好意思占用你们课间了。”

说完，我离开了教室。

坐在办公桌前，听见铃声响起，隔壁自己教室里传出了学生响亮自信的课堂宣言，我嘴角忍不住扬起一丝微笑。看向窗外，那一排挺拔的白杨树，青翠的叶子片片向上，有风，正在轻轻吹过树梢……

行动卷

把自己的苦日子过甜

今年的冬天似乎比往年来得更早一些。

虽然还没有凛冽的寒风，没有刺骨的冰冷，但是因为刚入冬时那三两场小雪的缘故罢，今年的人们都早早的穿上了棉衣，早早的把取暖的炉火生起。

日子依然匆忙，因为冬天的到来又多了许多繁复。

小店的门口向阴，像个冰窖，必须生暖气了。老公每天都忙着累着，我一咬牙，下午下班后转着圈在院子里找了一些干树枝，又拎来一点汽油，拿一个打火机，烟熏火燎中在小屋子里钻进钻出，当炉火终于发出温暖的光芒时，我也被呛得眼泪都流出来了。

自来水管被冻住了。吃水成了问题，幸亏旁边的小超市里有室内的水管，便每天过去拎水，老板娘总是好心地问，帮你吗？我呵呵笑，没问题啦，从小干活干惯了，这点活是小意思了。一手拎起装满了水的桶，走上走下丝毫不洒也不用歇息。老公边干活边看着我感叹，你本事真大！

女儿在家跟爷爷奶奶住，每天电话总爱追着我问，“妈妈，有一道这样的题怎样做？”“妈妈，你什么时候回家？我想跟你说一个事情。”于是不管多忙多累，努力争取每天中午和晚上都回家看她一次。孩子学的舞蹈和美术都是周六日上课，下课的时候天都黑黑的了，冷风中，带着孩子在夜色中穿梭，总是疲惫得在心中轻轻叹息。

自从父亲去世后，便坚持着常回家看望母亲，每次回去的时候，都感觉她眉头的皱纹多加了一道，总是忍不住内心的酸楚，她自是心疼我说，天冷了，不要常来，又没有时间。我却坚持着，因为知道孝不能等。虽然每次只是匆匆，甚至只是吃一顿饭，但是我知道她是欣慰和欢喜的。

我们的教室本来在一楼，那天早晨去上班，只见二楼正对着的初二教室里人多得像浴池一般，水雾缭绕，进进出出的学生们正在扫水，流下的水在我们教室的门口形成一道道水帘洞，打听一下，原来是二楼的暖气片坏了——这是经常的，暖气本来就已经要不得了，一进自己班里，就吓了一跳，俨然是小到中雨！各个楼板缝间哗哗流水，地上水流成河，学生四散聚集，课桌和书本一片狼藉。于是汇报领导，没有办法，去找间教室吧，于是上三楼，找了一间盛杂物的教室，清理，搬家，整整两节课的时间，终于有了立脚之地。

……

那天课间和一个同事聊天，谈起了生活的琐碎和繁重。她说："我要是你，早就崩溃了。"我说："你以为我不想崩溃呀？但是崩溃之后呢？耍了？耍了之后呢？我找不到出路，所以只好坚持，呵呵。"说完我自己笑起来。"看看，你还天天笑着。"她白我一眼。

"其实，谁不是这样活着呢？"我轻轻叹道。

真的，谁不是这样活着呢？在熙熙攘攘的社会中，我们过着尘埃喧嚣的生活，肩上扛着太多的责任，心灵有着太多的负累。无论哪种生活状态里，都有自己的艰辛和不如意，但是哪个人不是努力这么活着呢？

活着，是该被动的承受，还是该努力的创造呢？

我愿意选择后者。

我会在填煤拎水之后脏着手去老公眼前比划："哼，我就是你的田螺姑娘，天天给你做饭拎水收拾屋子，你怎么报答我？"老公每每都是眼里含着笑意任我逗笑，我知道，爱情在同甘共苦的婚姻中已经历久弥香。

我会在生活的间隙里找来一些零碎的毛线，冬天到了，椅子都泛出了凉意。找来一个钩针，开始随意的钩一些垫子，看着那些已经废弃的卷曲的毛线在我的手里翻飞成斑斓的坐垫时，我都会觉得生活的空隙里都充满了美丽的意义。

我会在等待老公吃饭的时候过去旁边的小饭店找一个服务员闲聊。她和我差不多年纪，家里有两个女儿，为了帮助维持生计，每天来饭店里端盘子洗碗 12 个小时。恰好她的大女儿和萌萌一个班，我就在闲聊中，拉家常般讲讲孩子遇到的那些有难度的题，她总是感激地说，自己文化低，不会讲，希望我常去给她聊聊。每次看到她装起我看似无意给她演算的纸时，我都觉得内心充满了美好的愉悦。

我会训练着女儿学会独立。为了不受爷爷奶奶看电视的影响，我鼓励她自己住进一间屋子里，教她使用电热毯，教她学会控制自己的学习休息和玩乐的时间，教她整理屋子，教她饮食起居有条理，当看着七岁的女儿把自己照顾的好好的时候，我在睡梦中都会露出笑容。

我会带着孩子们边学边玩。在课堂上我们围坐成圆圈，我坐在中间凳子上边说话边来回转，她们和我快乐的交谈着一篇作文的感受，我感觉，我就像坐在了一片灿烂的春花之间。我会带领他们认真地去参加学校的每一个活动，不是为了向领导交差，只是想通过自己的行动告诉他们，生命，最美丽的是过程。

我会在周末回到家里，给公婆和女儿做一顿可口的饭菜，看着孩子津津有味的边吃边问奶奶，你评价一下我妈做的饭吧？婆婆笑着说，我好多天都没吃这么好吃的饭菜了，可惜你妈只能去照顾你爸爸，不然我们就天天都幸福了！我就赶紧许诺明天还给你们包饺子做馅饼，真的，世界上，还有什么比因为自己的存在而让别人感到更幸福快乐的事呢？

……

我会在劳累一天之后，躺在床上拿起一本书看，书里教会我："在不能改变环境的时候，就要改变自己的心态。因为你只要及时调整自己的心态了，就一定能产生一种积极向上的行动力，就会自然而然地努力学习、工作，打拼属于自己的新天地，只要改变了自己，就会改变属于自己的生活，那你就肯定会苦尽甘来的！"

这本书的名字叫——《把自己的苦日子过甜》。

储蓄爱情

不管日子是如何的忙乱，依然喜欢在忙乱中找点时间把屋子收拾的清新整洁。

因为喜欢在一点点的擦洗收拾中梳理自己的心情，让自己在家庭主妇的角色中找到生活的味道，那心，总是会变得很轻柔和悠闲，放一首自己喜欢的歌，让家里的一切在自己的手中透出更多的温馨。

擦过梳妆台上几根零落的头发，又擦过相框里孩子天真的笑脸……还有这个一直都躲在角落的“小猫”—— 一个陶瓷的储蓄罐，随手拿起来擦拭，蛮重的，摇摇，哗哗作响，似乎应该有不少硬币！心里一下就快乐起来，我最喜欢一元硬币了！

随手就把下面抠开，“哗啦”一大堆硬币就像快乐的孩子一样蹦了出来，全是一块钱的！

随手拿起一枚，放在手心，抚摩着，放下，又哗啦哗啦翻弄着这些硬币，鼻子忽然就一酸，把抹布放到一边，坐下。酸楚过后，便是温暖的回忆……

一直都觉得自己是个虚荣的女子，喜欢钱，喜欢漂亮的衣服，喜欢到处跑着玩，从小还算殷实的家境，也养成了我大手大脚花钱的习惯。结婚后，我和老公都有比较稳定的收入，公婆也开明善良，让日子更加像阳光一样可爱。

可是，孩子出生后便发生了意外，我们要使孩子恢复健康，这让初为人父母的我们就尝到了生活的艰辛。后来爸爸的病，公公的病，接二连三的袭来，婚后短短的几年内，一花钱就要以“万”为单位来计算，让普通的小家庭的积蓄逐渐被抽空了，甚至负债。

那些日子，我知道自己一下子长大了。

知道了人生的艰辛，肩膀上的重任。于是，我收敛起小女孩的一切骄纵。我知道，我必须和老公同甘共苦，面对生活的难，我必须陪伴在他身边。

那些最艰苦的日子里，我不再乱花一分钱。

因为上早自习的原因，我必须要在单位吃饭，一个火烧一块钱，于是，我基本上每天用在自己身上的消费就是，一块钱。

我把自己的工资交给老公，我说：“给你拿着吧，给你爸买药。”老公会很心疼的再给我抽出几张，我不要，他没办法。我说，我一天就花一块钱。

于是，有那么一天，他拿出这个小猫的存钱罐说，这里面有好多一块的硬币，都是我平常放到里面的，你没钱的时候就去拿。

他不经意的说出这些话，但是我的眼角却湿润了，我知道，这是他怕我舍不得花钱，悄悄在这个储蓄罐里放进了我能接受的硬币。

这哪里是硬币？分明是在贫贱面前依然用心储蓄的爱情啊！

而那些日子，确实是苦的，没有了娱乐活动，没有了漂亮的新衣，但是我们从不争吵，我每天在家等他回家，然后端上我用心做的饭菜，和他说笑着一起吃。而老公，总是偷偷的在出门时给我放下钱，什么也不说，我也知道，是不让我委屈自己。

很多个夜晚，我们像朋友一样快乐的交谈，我把手指放在他的手心，十指相扣，我们说，一切都会过去。

没有哪个时刻，能像那一年那样，深刻的感觉，人生，就是相依为命，就是坚持。老公说，从见你的那一刻起，我就想，无论怎样，无论有什么事，都要和你到白头。永远爱你。

我知道，虽然他不是大富大贵的男人，但是他正直善良，在用自己的努力，用一个男人的肩膀撑起这个家，更用一个男人的心胸给我依靠。

爱情，似乎在苦难中更有了滋味。

后来日子渐渐地恢复常态了，我也不再从这个储蓄罐里拿一块钱的硬币。甚至，将它忘了。

……

看着这一堆硬币，我在想象，每天每天，在这些我已经可以不用控制自己花一块钱的日子里，我的老公，怎样用心的给我放进一枚一枚的硬币，就像，在温暖的日子为我准备好一件御寒的衣裳，就像，在平淡的日子把爱情储蓄进去。

于是，我拿过小猫，我把硬币一枚一枚的放回去，在放的时候，我的耳边不知怎的，响起了电视上在教堂结婚的那个主婚人庄严的询问：“你愿意嫁给他做你的丈夫么？照顾他，爱护他，无论贫穷还是富有，疾病还是健康，相爱相敬，不离不弃，永远在一起？”

我用最温柔的手指，把老公的硬币，和我的爱情，一枚枚放进小猫的肚子里去……

然后在心里说：“我愿意，无论贫穷还是富有，疾病还是健康，相爱相敬，不离不弃，直到死亡把我们分离。”

此心安处是吾乡

难忘一个雨夜。

老公骑着电车，我坐在后面，不穿雨披不打伞。我搂着老公的腰，靠在他后背上撒娇："你说，你是不是天天盼着我去陪你呀？是不是我每次去陪你，你就特高兴？"老公嘿嘿笑："我很想说不是，but，我不敢！""掐你这猪肉！"我佯装手上用力，哈哈！我们同时大笑起来，笑声，飞扬在雨夜里，被偶尔穿行的车辆轧起的水花溅起来，又在车灯的照耀下，闪亮，继而洒落一地……

回到店里，一起躺在床上，一个MP3，一人一个耳机，听歌。边听边随意谈论着这个歌词怎样那个歌手如何，还有自己的喜欢和不喜欢。在温馨的台灯下，我还拿着一本书，边说边散淡的看着，一会儿，看见书上有句话很好，就说给老公听："无论你多么强大，有一些时候，你得允许自己失败，否则，你将没办法取得圆满。你看，其实这两天你接的这两个不好修的破车也是一样……"老公在我缓缓的叙述里，点头，沉思，点点滴滴说了起来……

我才知道，这些年来，他的心路历程。今夜，真好，我就是他的朋友他的知己……

我不是个娇惯孩子的母亲，但是，却一直坚持着一件似乎很娇惯孩子的事情。那就是，只要和孩子一起睡觉，必然给她讲故事，并且抚摸着她的背，抱她入睡。如果还有事情没做完，我会在孩子入睡后，挣扎着再爬起，接着做自己的事情。很多朋友笑我，哪里来的耐心。

其实这仅仅是因为爱。我总是很忙，有时候两三天看不见孩子，而孩子总会对我说，妈妈，我好想你，和你在一起不和你在一起的时候，我都会想你，想扎进你的怀里。我惊讶于她如此细腻深刻的表达，感到深深的愧疚。这些年，我给予她的陪伴，真的不多。

肌肤之亲该是人类最原始的渴望。这不只和欲望有关，而是一种情感的需求，这种需求孩子也同样需要。而且，孩子需要我们抚慰的年龄，其实并不多。

所以，我愿意，无论成长的岁月中白天我对她多么严格，夜晚入睡时，我都会用我的手掌，轻抚她的肌肤，用我的亲吻，告诉她我的爱……

有一段日子，很厌倦自己的职业。只要想到还要去学校上课，心情就会无端的焦躁。

我并不是不喜欢学生，相反，我还对班级投入了很深的感情，以至于很多学生都觉得不好好上学对不起我。甚至，有的同事会说，你的学生都像你，活泼又沉静，仁义而精明。

我喜欢上语文课，在我的课堂里，语文就是享受，就是生活，就是玩乐，我喜欢课堂上和学生们一起放飞思绪，一起擦出思想的火花，只要这样一堂预想的课下来，我是想唱着歌儿蹦跳着走出教室的。

平心而论，我是喜欢我的工作的。

可是，是什么使我倦怠呢？我知道的，是太多课堂教学和正常的班级管理之外的杂务吧，是名利之间熙熙攘攘的争夺吧。今年，又接了一个新的班级。听到安排的时候，我没有做任何挣扎，尽管我知道自己体力和心力都已经不支了，却也只在心里默念着不如安之若素吧。

于是，站在讲台上，虽是刚刚入秋，我依然感觉像看着一排排刚出土的小麦苗，那么青嫩的用渴望信任的眼光看着我，我就不敢不把我的背脊挺直，为了这份责任，我一定依然会尽力。

喜欢看书。却并没有看过多少书，看的时候也多是囫囵吞枣。但是依然喜欢，睡觉前喜欢看几眼，若是一天没有书看，便会觉得内心空落。我知道，书籍，已经成为我的心灵鸡汤，给予我滋养。

喜欢写博。无论时间多么忙碌，无论更新多么缓慢，当手指发出敲击键盘的声响时，我都感觉到幸福。那些生活缝隙中的点滴感动，那些花开叶落的自我感悟，那些孩子成长的欢欣历程……都让我在书写的时候，觉得无限美好。

喜欢聊天。我是一个爱说的人，生活中，网络上，都是。聊天是无聊的产物吗？我不认为。我觉得，聊天是人和人交流的一种本能，是一种心灵的宣泄，甚至，在聊天中，我们可以自我反思，自我救治。从某种程度上而言，聊天，是我们每个人自己的心理医生。

喜欢一种朋友。比喜欢深，比爱浅。你说出的，他懂，你不说的，他也懂。也许很少谋面，却一定会在生活的瞬间常常想起，想起的时候会不由得微笑，感谢上天馈赠了自己一块珍宝，那种感觉，妙不可言。

我知道，我的生活道路一直是笔直的，所以对于家，我没有强烈的漂泊感归属感和苦苦寻求的过程，所以，我肯定写不深刻。并且，我也想，每个人对于家的感觉都是别有一番滋味在心头，所以，我今天只写我自己的感受。

苏轼有词云："此心安处是吾乡"，大词人那种随意而安，无往不快的旷达襟怀。我喜欢。

于是我想，幸福是什么？在我的感觉里，幸福，其实就是心安。

把我们的心安放在哪里呢？就是两个家，一个是我们遮风挡雨充满温馨灯光的屋子，里面有我们相亲相爱的家人。一个是我们自己的精神世界，文字，音乐，书法，旅游……只要你真正的爱了，你就会觉得精神世界的富足，心灵的安宁。

毕淑敏说：“一个人活着，要使自己的幸福最大化，而且要让别人因为你的存在，幸福多一些。”

我想，这即是心安。

过出今天的美丽

那天早晨，雨后初晴。

天，像扯开了高远的蓝色幕布，云，是纯美的白，随意变幻着姿态在空中飘逸着，像一副自然写意的画。天空，晴明中透出微微润湿的味道。

我趴在栏杆上看云，我的学生趴在课桌上看书。

那天，是教师节。

农村的孩子可爱得像秋天田野上的野菊花。没有给老师浪漫的玫瑰，没有特别的祝福，和往常日子一样的来了，坐好，读书。

农村的老师质朴得像路边日日守望的白杨。学校没有任何的表示，早已经习惯，和往常日子一样的早来，上课，微笑。

那天中午，11 点 40 放学。

我没回家，看着孩子们从食堂买回饭来，看着暖壶做好开水，和学生谈着心，看着他们都吃好了，我居然不饿。12 点半，上午自习的老师来了，最后一个不爱学的调皮学生坐到了座位上，我骑车回家。

回家，看见一屋子凌乱，饭桌上杯盘狼藉。女儿小鸟一样冲出来，高兴的蹦跳着抱住我："妈妈！妈妈！我在等你！"亲亲孩子，换衣服做饭，边做便忍不住嘟囔，我要不回还饿死吗？

"你昨天不在，爸做的鱼我吃着都没劲，你要回家，做什么我都爱吃。"老公边洗手边和我说着，抬头和他的目光交汇，一份柔和投射进心里。心底一动，不就是因为舍不得他和孩子的这份眷恋而饿着肚子也要回家和他们一起吃么？于是，冲他一个灿烂的微笑。

收拾好以后1点多了，搂着女儿休息一小会，女儿说，妈妈，我真幸福。我的心里溢满了柔情，原来，幸福就是妈妈可以回家搂着孩子睡一小会儿觉。

那天下午，回学校上课。

茅盾的名篇《白杨礼赞》，第三课时，赏析文章的三美。学生是过去四个班学生的大杂烩，不是一家人不进一家门，他们大多内向不擅言谈，我喜欢自由活跃的课堂，于是课下和学生亲近，课上也多是启发自由言论。

还好，初见成效。这一堂课，学生微笑会意，我举出一个语言凝练贴切的例子，学生频频点头，让自己发现美之所在时，大面积积极发言，那个叫正坤的可爱学生说出自己见解的时候小心翼翼地看着我，等我的评价，我扑哧笑了，我说："非常好非常好，你说出了你自己的感受和理由，你就是最棒的，在我的备课里，其实根本没有答案，答案就是你经过思考之后觉得有道理的那些东西。"

学生们都笑了，眼睛里都是奇特的光芒，仿佛看一个奇特的老师，我也笑了，很甜。

那天傍晚，回家。

依旧先是锅碗瓢盆。？女儿回来的时候拉着我的手到院子里，妈妈，你看有月亮了呀，还有好美的云彩！我抬头，半轮明月伴着镶着红边的云朵，夕阳在西面绿树的掩映下散发着柔和的光芒，日月相见，难得的美丽黄昏。

“妈妈，等吃完了饭，我给你唱一首儿歌，背一篇课文好吗？大家都快乐的听我唱，我们，要过出今天的美丽。”女儿拉着我的手说着，我惊讶的低头看她，夕阳的余晖下，小脸满是愉快的光芒。

都说我的孩子性格特别像我，我却知道，其实她是比我强的。

长久以来，我都想给每日的琐碎加一个意义，可是，却感觉每日在这样的琐碎里丢失了自己。没想到，今天，女儿却这么轻易的就说出了，是因为孩子的单纯还是道理本就这样简单呢？“过出今天的美丽”，生活的意义其实就是每天保持一份美丽的心情，那么，融目入心的，就是生活的美好了。

于是，抬头，看天边，云卷云舒，变幻着天空的姿态；看四周，树叶泛黄，描绘着季节的变迁；想想，月就要圆了，月圆是画，可是月缺也是诗……是啊，这就是生活，每一天，有每一天的姿态。如果你的心中常装着一份美丽，那么，每一天就该有每一天的美好吧。

第二天，清晨，带着秋天的露珠。

我在村外摘了一束野花，有紫色的狼尾巴花，有黄色的野雏菊，还有蓝色的喇叭花……插在朋友送的有彩色向日葵的陶瓷花瓶里，放在梳妆台前，穿上一件柔软的红色长袖T恤，在上班之前，对着镜子微笑，给自己……

留点空白

一天晚上上网，Q里一个同事的头像在跳动："在没？问你一件事情呀？"我回应："来了，什么事？""萌萌什么时候开始掉牙的？"我在脑子里搜索一下，然后打出："不知道。"其实是真的不知道，只知道她掉7颗牙了，还是她自己给我报的数。"哎呀，我女儿一颗牙松动了，现在大哭。"她说。"哭什么？"我觉得好笑，也觉得在情理之中，她们家的孩子是娇公主的，"她不能接受要掉牙的事实，所以大哭，吃饭都故意龇牙咧嘴。""呵呵，你们家孩子的成长总是这么的艰难。"我发出感叹，心里都有点替她烦。

她下线后，我又想，任性不讲道理这些都怪孩子吗？一定不是的，孩子出生时是没有区别的，这个同事的老公是个好爸爸，好到孩子玩玩水摸摸泥土都要限制的地步，因为怕弄脏了衣服，体贴到事无巨细，于是孩子的空间没有了，反过来把自己生命中所有的琐碎都扩大化并且逼仄到父母的空间来，让父母为其所累。

其实，孩子也是独立的人，多给孩子一些空间让他们自己去感受世界，才能使孩子把父母当成良师益友，从而自愿接受教育。

留点空白给孩子，才能让孩子健康快乐的成长。给孩子留点空白，其实也是给自己少了一些负担；

一天傍晚做好饭后等老公，已经过了下班时间半个小时了，于是习惯性的拨电话；“什么时间回家？饭做好了。”我很温柔的询问。“好的，一会就回去。”老公回。“开会呢？”我追问。“和 T S 在一起呢，呵呵呵……”电话里传来一个娇嗲的声音，宛若莺啼，“哈哈”老公的笑也似乎开心的不得了。我愣一下，有点莫名其妙，没听懂，但能肯定的，是个女人在说话。我笑笑，挂了电话。过一会后，老公回家，吃饭过后，我上网，他看书。“今天打电话的时候是陶莎在说话，T S 就是陶莎的意思。”老公边看书边闲说，我呵呵笑，“陶莎可是你梦中情人了，每次你说起陶莎都两眼放光。”老公放下书哈哈大笑，那笑里的快乐是那么的坦然。

陶莎是老公同事，关系一直比较不错，老公也经常挂在嘴边上，但是我从不过问，因为觉得那是他的自由，况且，一个连异性朋友都没有的男人也一定是比较木讷无味的，我不喜欢。而我的短信老公从来不会查询，上网和朋友开开玩笑时他瞥见也会一笑了之。

三毛曾说过：“我的心灵的全部从不对任何人开放，荷西可以进入我心房里看看，坐坐，甚至占据一席之地。但是我有我自己的角落，我一个人的，结婚也不能改变这一角落。”

留点空白给爱人，爱情在婚姻里才会保持鲜活的生命力。给爱人留点空白，其实也是给自己多了一些自由。

有一次，因为有事情和地理老师换了课，但是铃声响过后仍然不放心，因为这个班学生难管理，地理老师也比较柔弱，于是偷偷去看，果然，从后门看见班里一团乱哄哄，最厉害的是四个女生正在抢一个手机，手机里的 MP4 正在欢歌。我气愤，进去，对地理老师说，不换了，麻烦你了，我自己上吧。然后直奔一个女生走过去，我发现那手机最后落到了她的手里而她藏进了书桌。她叫佳佳，一个很个性的女生。

我不说话，伸手向她。她一副孤傲的样子，“我没拿。”我不动，看着她，一字一顿地说："你已经错了，不要错上加错。"她依然斜睨着眼睛，一副死猪不怕开水烫的架势。"因为倒课了，你们就这样的肆无忌惮，这叫欺负地理老师，枉我这么喜欢你们了。"我转头对着另一个女生美娜，她刚才也是参与者之一，但是性情要机灵的多，果然，这种转移注意力的方法起作用了，美娜带着哭腔对我说："老师那手机是我借的，我们错了。"然后她拽佳佳的衣服："你给老师吧。"佳佳无奈只好磨蹭着拿出来，面有愧色。我拿过手机，交给美娜，平和的说："下课了，还给人家，以后记着不要再做这样的事。"然后我深深地看了佳佳一眼，什么也没说，开始上课。

后来，佳佳上课学会了认真，课下见到我也总会微笑着叫老师。我知道，我的宽容她能懂，这可能比不依不饶效果要好得多。

留点空白给别人，尤其在别人做错的时候，点到为止可能会让我们赢得更多的尊重。给他人留点空白，其实也是给自己赢得了几分宽厚。

现实生活如此，网络何尝不是呢。

我们都喜欢网络，就是因为这里可以让我们展现自己最美好的一面，那些看不到的地方，都成了空白，因为这空白，我们多了更多遐想。在这个世界里，总有一些人因为某些特别的情愫或者因由亲密起来，但是，聪明的人都懂得，再亲密，也要保持一定的距离，也要给对方和自己留下一点空白，因为适当的距离是一种呵护，而了然时的沉默更是一种默契，"大智若愚，大巧若拙，"在亲密的情感碰触里，我们求取的是心照不宣和惺惺相惜，无论是同性之间还是异性之间，都应该如此吧。

这样，就会在相遇时默默含笑，擦肩后满怀祝福，即使午夜思念时轻轻说一句："我，想你了"，都是那么的温暖又柔和，纯粹又纯洁，就像，生命中蓝蓝的白云天。

留点空白给网络，镜花水月的朦胧并不妨碍彼此的真诚。给网络留点空白，其实，就是给自己保持了恒久的美丽。

……

那么，你还会不会把空白看成残缺，而用努力去把它填补呢？

六月碎碎念

日子在繁花喧嚣中不经意飘过，六月告别了春天的风，在青果初结中悄然走来。翠绿的帷幔缓缓拉开，夏日的天空湛蓝澄澈，一朵白云飘过就是一份心情，一个故事。

六月的街头，是女人的舞台。我喜欢看大街上女人们穿着裙子来来去去，仿佛夏天的蝴蝶在曼妙飞舞。也买了两件给自己，一件淡粉色碎花，柔和娴静；一件白色旗袍，水墨的荷花在胸前亭亭玉立。同事笑曰把你再当个丫头嫁了都没问题，我知道，这就是裙子带来的美丽。也许，每个女人心里都有一个裙子情结，这个情结，大都从童年时候就开始。我依然记得小时候第一张照片上妈妈借来的那条裙子，颜色和花色虽然都已经在记忆里模糊，但是，那份渴望却深植在了心底，一到夏天，就生出嫩绿的芽，悄然在心底蓬勃。

如今，女儿已经到了我当初的年纪，每到夏天，我都要一口气给她买上几条裙子。我希望，我给予女儿的，不只是童年的花裙子，更是一个母亲对小女儿梦想的呵护。给予自己的，是一份善待和自信。于是领着女儿，走过青葱的夏季，任裙裾飘飘，飘成夏季一道美丽的风景。

那日下班回家走乡间小路，夕阳下，野生的牵牛花高举着白色的小喇叭在快乐地歌唱，蒲公英撑起了毛茸茸的小伞调皮的想要飞翔。铺天盖地，都是层层麦浪，忍不住停了车子驻足，深深呼吸一口田野的气息，一股熟悉的味道从鼻孔直入心里，那是什么？麦子的香气！“晴日暖风生麦气，绿阴幽草胜花时”王安石诗中所写就是如此吧？微甜中夹杂着泥土的气息，还有青青的草香，忍不住再深吸一口，再吸……闭上眼睛，心却湿润了，少年的田野也是这样的气息，一家人挥汗如雨的在田间劳作。抢秋夺麦，是每一个农人都读得懂的含义。

记忆里，父亲那黝黑的背，永远在前如一面不倒的旗帜；还有那挥舞的镰刀，伴着我手心的茧，烙下了第一道成长的印痕。如今，父亲带着憾恨长眠于地下，一生的劳作也没有换得此生的圆满；我的手，却因当初的茧，更能担负起生活的重担。而这一茬一茬的麦子啊，今年被收割之后，明年，又会是谁带泪的记忆？

我家院里有棵石榴树，正好在楼梯的拐角处，我每日里匆忙的来去，都要瞥它一眼。去冬很冷，我一直隐隐的担心它被冻死，今春果然有一部分老枝枯死，但是依然有红色的新芽初绽，并且慢慢爬满了大部分枝头，我也才放心。“五月榴花红似火”，农历的五月，便是阳历的六月，然而，总是不见花蕾绽出。有人说，老枝枯死，新枝是不开花的，我又多了几分焦灼和惆怅。直到前两天，在下楼时从上往下看，高高的枝头有三两朵艳红，凑在一起，似乎在枝叶间私语，我笑了，它们是来安慰我惆怅的心吗？

也许，只是去年它太累了吧，想歇一歇了。而我呢，习惯了每年的花开花落，就像习惯了每一天日子的匆忙来去，是不是，也该向它学习，适当的调节一下了呢？也许，这不是为了逃避，而是为了更热烈的绽放吧。

在院子的影壁前，我种下了十棵牵牛花，两棵两棵种在一起。

种的时候是担心万一有不出芽的，两棵可以出一棵，省的移苗。不成想，十棵都齐齐的在六月崭露头角了，女儿每天早晨都端着小瓢给它们浇水，于是它们便以蓬勃之势上长，我无限欣喜。昨天趁休息给锄了草，搭了几根杆子做架，因为牵牛花的蔓已经开始蜿蜒，用手把每一个帮助缠绕了上去，看它们欢欢喜喜的向上，我便更是欢喜。

种下这些牵牛花，是因为一个美丽的约定。希望能在都市中始终保持一颗高洁善良的心灵，在遥想家乡的土地里长出灿烂的牵牛花时，让悠悠乡情有所安放。我怎能不精心呵护它们呢?

等待吧，等待这粉色白边的牵牛花在枝头开放时，我用它盛满家乡清晨的露珠给你，好吗?

一日去理发店剪头发，在等候的座位上寻出一本有些褪色的青蓝色旧书，名曰《菜根谭》。信手翻来，被一句话吸引，“不流于浓艳，不陷于枯寂”，很是喜欢。想想我们作为现代人，总是在生活的状态上徘徊郁闷，迎来送往、繁花似锦的时候，又觉得无处安放自己的清心；清苦淡然，默默无闻的时候，又总是觉得被世界遗弃。自己也何尝不是如此呢?想来，是不懂得把握中庸之度，不懂出世入世结合之道了。

又看一句释语，“心有所爱，不用深爱，心有所憎，不用深憎，如有偏颇，随即改正。”说的真好，想来近日因为家庭工作忙碌的无法挣脱自己，确实也该调解一下了，还有一些太过要求完美的心情，其实，是不必那样在意和苛责自己的。

于是放下书轻叹一声，仿佛内心所有的纠结都在这轻叹里释然……

六月的午后，隔着文字的烟波，寂静的和自己相对，断断续续说一些话，写点字，给自己。有笑，也有微微泛起的泪，都溅落到我的心里。

但惜夏日长

夏日到了，真好。假期到了，真好。可以有大把的时光来做自己喜欢的事情了，真好。

找几个阳光灿烂的日子，把一年铺盖的棉被褥子都拽出来，拆开、清洗，让棉絮和阳光热情的拥抱亲吻。地板上铺张大凉席，我盘腿坐下，把那枚陪嫁带来的顶针戴在右手无名指上，看着它微笑，我从没戴过戒指，却每年都会戴一次这枚顶针，从这枚顶针里，我似乎看到了姥姥和母亲那一辈子的女人的时光，如果我能延续一点什么，我很喜欢。大红的花，大绿的叶，和雪白的被里，被我用针和线慢慢地缝合起来，一条被子，就是一副阳春白雪的画。

我喜欢这样，在每一个夏日把阳光收集，为全家人储蓄过冬的清新和温暖。到那时候，外面冰天雪地，我们的冬夜，却会铺展开一个春天。

愿意做家务，尤其是收拾屋子。我的家简单质朴，但我喜欢窗明几净。即使近一年多不在家住了，我也经常回去收拾。那天在擦拭窗台的时候，忽然发现窗台上有一些划过的字，很诧异，仔细一看，“妈妈怎么还不回来？妈妈快回来，妈妈回来了。”字很稚嫩，应该还是女儿幼儿园的时候写下的，我的眼蓦地湿润，抬眼望去，这个窗台正好对着家里大门的位置，我的女儿，就在她最需要母亲的岁月里，这样张望着终日忙碌于毕业班的妈妈吗？可是她从来都没有说过，只把渴望刻进了岁月的窗台。于是，这一夏，我日日陪她早起散步读书，听她欢声笑语，晚上守着她入眠，让她的手扣着我的手。

我知道，孩子这样需要我的岁月已经不是太多，我努力在每个夏日把大把的时光给我的娇娇女，希望当她长成一个女人承担起岁月重担的时候，能有一大段被呵护和关爱的美好时光可以回忆。

假日，厨房成了我的主要阵地。我的厨房很小，不到5平方米，里面还杵着一个大暖气炉子，窗户是死的，没有抽油烟机。人钻进去，马上就会洗一个桑拿。可是，我依然一日三餐钻在这个厨房里。想起没放假的那段日子，我天天忙天天忙，忙的天天只能买馒头吃，老公忽然莫名的给我闹了好几天气，追问到最后，他说：我觉得你忽略我，我连饭都吃不饱了。我当时被气笑了，也心疼了，我的个乖乖呀，连饭都吃不饱了，这老婆怎么做的呢？！他爱吃烙饼，尤其爱吃老婆亲手烙的饼，我居然就没有这样一点烙饼的时间，我真的就这样忙吗？

好吧，这个假期一并都补上，煎饼葱花饼油酥饼，天天吃。要想管住男人的心先得拴住男人的胃，这一点我知道，何况，他的要求本就不高呢。

那天带孩子骑车回娘家，我问在厨房里给我做饭的妈：“我住两天行吧，妈？”妈不动声色地说：“不行。”然后又嗔怨地笑了：“你还知道住娘家呀？！”我嘻嘻笑着用手在盘子里拣了一块肉吃，说：“知道知道，不是平时忙嘛。”说是住娘家，其实也总是不见我人影，有几个要好的朋友都住娘家村里，我于是到处跑着玩，玩够了回家钻进屋子里上网。妈给我做饭，一会儿隔着纱窗喊我：“你这就是住娘家呀？净知道自己玩。”我也隔着纱窗嘿嘿：“妈做的饭好吃嘛，我饿死了。”妈瞪我一眼去厨房了。我看到了，那眼里含着宠溺的笑呢。

爸去世两年了，妈终于逐渐适应了过来，虽然自己也有病痛，但是日常生活和常人一样了。我回家爱撒娇，妈总说，还是有个妈活着好吧。有时候，孝顺，也许就是让老人觉得自己还被需要吧。

春天的时候，我在院子墙根种下了一些花的种子。都是我最喜欢的：向日葵、牵牛花，还有几棵丝瓜。每天早晨，我都会在晨曦中轻手轻脚地早起，去看那些花如何不同于昨日。因为是胶泥土质，向日葵长得不高，但是即使只有一尺来高，它也会长盘，片片黄花向阳开，哪怕只有菊花那么大。牵牛花每日都有开放，当然，每日也都有凋谢。它薄薄的淡粉色花瓣有如婴儿的脸颊，似乎稍微有点风，就会吹破。但是，那一日风雨大作之后，它居然没有被风吹破一点儿痕迹。丝瓜是爬得最慢的，只开花不结果，我知道，它等秋天呢。

一直以为，养花侍草不只是闲情逸致，还应该是一份努力，因为每一朵花，都是一个生命的历程，每一天，它们都在展示生命的平凡和神奇。我愿意努力从这些花开花谢中，汲取一份生命的力量。

夏日，是读书的好时光。在清晨，我喜欢躺在吊床上看书，听鸟儿啁啾，凝视阳光逐渐透过树叶落在书页上的斑驳影子；在午后，睡午觉前看上几页，蝉鸣如歌，不开空调，我喜欢电扇轻声呼着在我头顶轻轻盘旋；在夜晚，斜倚床头，老公看电视，女儿看动画片，也不会影响我看书的心情，这样的一家人都在一起，岁月静好；还有做饭的时候，也会把书放窗台上看几眼，边心里默背一首喜欢的诗，边炒菜。最喜有雨的日子，什么都不用做了，光脚坐在地板上，靠着沙发读书，或会心微笑，或凝神思考，伴着房檐雨声，滴答，滴答……

不是平常的日子不能读书，而是，难得夏日宁静，难得假期闲暇，还会有雨如诗，多好。

白居易在《观刈麦》中有诗曰："力尽不知热，但惜夏日长"，是说赋税繁重的农民辛苦劳作的矛盾心理，天气如此炎热，足蒸暑土气，背灼炎天光，可是，农人还是惜取这夏日天长而不愿休息——这是一种深深的悲苦和无奈。所以诗人私自愧，尽日不能忘。

可"绿树浓荫夏日长"，于我而言，却是一份幸福。

因为这是一段长长的，做女人的，最好时光。

麦琪的礼物

流火的七月里，老公出差去了遥远的沈阳。

长相思兮长相忆，短相思兮无穷极。

虽然只是短暂的几日别离，却让我昏昏然起来，忽然没了牵绊，却在绝对自由里，也顿失了快乐。

一直觉得，他是我的空气，平日不知不觉，离开了，连睡眠都难以维持。于是思念，悄悄开始蔓延。

……

接到老公电话说下午三点就能到家的时候，我高兴得蹦起来，“我自己去车站接你啊！”我想第一时间掸去他的风尘仆仆。“好”老公的声音里含着温和的笑，他一定比我想他更想我，我知道。

刚放下电话，姐姐的电话就来了，“我们今天回家吧，去看爸妈，带着孩子。”我稍微犹豫一下，其实，我两天前才去看的，但是和姐姐一起回家，欢聚一堂，对于病中的父母来说，是最幸福的事吧。我犹豫了几秒钟，就马上返回去给老公拨电话，“自己打车回家好吗？我去看我爸妈。”“好的”，他一向宽厚。

……

下午回家的时候，看见门开着，一跳三蹦的上了楼。推开门，老公坐在电脑前看电影呢，听见我的声音，早就回过头微笑着看着我，我扑过去的时候，他早站起来张开双臂了，空调在他身上制造的凉气贴上我的身，我在他的怀抱里掐掐他胳膊，“怎么这么白了嘛。想我不？”

老公一向是内敛的，我说十句话，他能说一句就不错，“当然想了。”他使劲抱抱我，摸摸我头发，“给我买什么了？”我像个孩子一样挣出他的怀抱，开始翻检他的包。

“哈哈，”我大笑起来。手里举着翻出来的两个发卡。“你傻了吧？我没辫子了！”我拿着发卡在自己空空的后脑勺比划着，心却蓦然的又有点酸涩起来了，这个笨老公，这次怎么就专拣我的伤心处呢。前些天才剪的短发一直是我心里隐隐的痛。

“头发会长起来的，用不了半年，你就又可以戴发卡了。”老公走过来，坐在我身边，爱怜地摸摸我的头发。

眼里忽然有点湿润起来，总是自诩自己是聪明的，他是愚钝的，却从来都不知道，他的那种宽厚里其实一直是那么丝毫不漏的呵护，他的心，一直这么的澄净而温暖。

于是仔细看那两个发卡：一个是我最喜欢的紫色竖卡，有着蝴蝶的翅膀，有着白色淡雅的花纹，这样的发卡，该是卷发最美好的装饰了；另一个是素雅的方格，上面镶嵌着一个可爱的小熊头部图案，眼睛耳朵上都是小亮钻，这个是直发时正好可以俏皮在脑后的了，它在冲我笑。

“是在专卖店里买的。”老公说，我也回头冲他笑笑，我知道，这对于我们来说已经是比较奢侈的事情了，我从来都是在地摊上去买发卡的。日子虽说不上拮据，却也总是因为生活的太多意外而一笔账跟着一笔账压在身上。

……

摩挲着这两个发卡，忽然想起了欧·亨利的小说《麦琪的礼物》，那对恩爱的小夫妻在捉襟见肘时，只能卖掉自己心爱的东西换取对方心爱的东西作为圣诞礼物。结果，两人珍贵的礼物均变成了无用的东西，而爱，却让这样的礼物变得更加珍贵了。戏剧性的情节让人在意料之外感叹，又在意料之中感动，作者说，他们是世界上最聪明的人。

我知道，我的老公也是。

他是怕我依然对头发耿耿于怀，而用这样的方法来给我一个美好的安慰，一份美丽的希望。

每次他出差，总会给我带回礼物，不是什么贵重的东西，却总是能表达出他的爱，于我又十分贴心，让我在奔波甚至困苦的日子里依然感受到爱的温存，和生活的美好。

让我怎么能不更加爱你呢？老公！

你的这份礼物，不但告诉了我什么是爱，更让我知道了，在并不富裕甚至困顿的日子里，人，更不应该放弃对美的追求，对爱的呵护和对爱的表达！

麦子人生

我的人生，像麦子一样。

小时候，还没有收割机收麦子，甚至没有镰刀。那时要用手一把一把的拔，然后把带下来的土像踢毽子一样踢出去。说起来好玩，其实很辛苦的事，手上都磨了血泡。家里地多，我能拔麦子那一年，上小学五年级。

后来几年开始用镰刀，我和姐姐弟弟已经可以和大人一样的劳动了，除了上学就是下地干活，我深深体会着“汗滴禾下土”的辛劳。虽然知道勤劳可以致富，却更相信知识改变命运。于是比别人读书多了一点用功，虽然从不觉得手上沾满泥巴有什么卑微，但是依然喜欢能坐在明净的桌子前去写字。于是，中考那年的夏天，我没有去地里割麦子，爸妈不让我去地里干活。后来考上了，记得妈妈说爸爸卖掉了那一年的麦子，让我拿着钱去上学。

在外读书的日子里，农村已经是联合收割机了。再到收麦子时，爷爷的老思想里认为那会丢麦子粒的，于是，让把麦秸拉回家，一次一次的抖落那麦秸，只是为了倒腾出几个麦粒，终于爸爸和爷爷犟起嘴来，爷爷大动肝火。而那一年爸爸身体不好，姐姐已经出嫁，于是我一个人偷偷的骑自行车出门，顶着烈日去老远的地方把姑姑请来了，爷爷依然不饶，于是我给爷爷跪下。第二年，麦子没熟时，爷爷癌症，去世了，临死时，自己还拄着拐棍去地里看他那伺候了一辈子的土地。

后来，我工作了，没有了属于我的土地。我的手离开了黑色的泥土，拿起了白色的粉笔，三尺讲台成了我的世界。我以为麦子已经离我很远了。

但是，很快，我发现，我依然是在种着麦子。

不是吗？我每天都在用汗水在黑板上辛勤耕耘，用阳光在孩子心灵照耀，用爱心除去他们内心的杂草，用智慧开启他们求知的大门……尤其是，每天站在门口看学生埋头自习的时候我都祈祷，每天他们要高高兴兴的来上学，平平安安的回家，考试考个好成绩。我觉得自己就是守望麦田的农夫，那些学生，就是我的一棵一棵的麦子。我不但付出自己的辛劳，更祈祷着风调雨顺，年年有个好收成。

原来，我一直没有走出那麦田。

后来，我执意要找一个农民做老公，于是我嫁给了一个像麦子一样的男人。他是农民，家里有地。但他写一手漂亮的字，喜欢用鲁迅的话和我开玩笑。人像麦子一样朴实善良，却在第一次见面时就微笑着说我是他想找的小鸟一样的女孩。他话不多，但是目光总是把我围绕，他看似平凡，却在为了理想默默的积攒着努力，我知道，他值得爱。

于是，为了他，我又偶尔走进了那麦子地。

一次下地回来后，邻居惊讶的说："天呀，你还会下地干活？"我笑说："怎么不可以？"我知道邻居的意思，一个干净明朗的奔赴讲堂的老师，一个总是微笑的纤弱女子，居然也会下地去干农活！

其实他们怎么能懂呢？我的人生就像麦子一样的。

我有呵护我的阳光土地，也有我自己必然经历的风雨。我喜欢用手下写优雅的文字，也喜欢汗滴禾下土的简单踏实。

……

今年六月，麦子又要熟了，虽然今年的麦子不是去年的麦子，但是，人生就是像麦子一样，年年不同年年同，年年绿了年年黄.

面向阳光

打桥牌时，我们手中所握有的这副牌不论好坏，都要把它打到淋漓尽致。人生亦然，重要的不是发生了什么事，而是我们处理的方法和态度。假如我们转身面向阳光，就不可能陷身在阴影里。

——题记

今年暑假开学，当我听到任课安排时，发现我是几个工作量最重的老师之一时，只有苦笑。

很多人不教课，很多人都是只带一个单班，还不当班主任，还有很多人一周只有四节课，我呢？刨除班主任工作量外，一周正课就有十七节。绩效工资嚷的轰轰烈烈实施上却遥遥无期，还是干多干少依然一个样，家里事情多得如同乱麻，学校责任问题又重如泰山，一个月十五块钱的班主任费还拖欠了半年没给呢，我的内心也真的是充满了愤懑。

那天中午回家，在饭桌上，我还没拿起筷子就开始抱怨和感叹，一大堆牢骚之后，公公淡淡地对我说："那你和你自己以前比呢？"

我一愣，说："其实比以前还好点了，至少现在学生少了。"随即了悟，他这是在暗示我不要和别人比吧，也是，何必呢？每个人有每个人的生命价值，何必去过分计较得失呢。

想想公公一生，60年的岁月里，当老师，当兵，做生意，当村干部，一生清正，却在老年被无辜卷入村务纷争中，也因我们无权无势，他被拉做替罪羔羊，双规一个月之后，他出来时居然白白胖胖，更具仙风道骨，人活着，唯求坦然吧。

想到这儿，我便低头吃饭，不再抱怨半句。

我相信，付出虽然不一定有回报，但是一定会有收获，也许，人所走的每一步，对于自己都是一种积累，很多因果也许暂时看不到，但是终有一天，我们的明天会要今天来买单。

于是，天天带着微笑去上班。五年没教过初一了，课本是新教材，若是单纯为了应付考试，我是不用费力去看书的，但是，我更愿意用语文教学把学生们带入一个美丽的精神世界，所以天天认真备课；班会课上，我带他们学习《弟子规》，我相信，秉承优秀传统的国学阅读，会成为一个洗脑工程，让自由散漫的现代孩子们学会内外兼修；学校活动，我带领孩子们积极参加，卫生和纪律管理，也从不马虎，恩威并施，争取井井有条……很快，我感觉到了一种久违的丰盈，这和带毕业班成天只要分数是完全不同的。

更记得，那天早晨去上早自习，到了学校，远远的听见我的教室传来琅琅书声，很是欣慰，一个月的行为规范养成教育初见功效，不是才来时的没老师就无所事事了。

从教室后门走进去，进门就皱起了眉头，一个饮料瓶赫然横在脚下。我蹲身捡起它来，掂在手中看看，已经很脏了，看来不是刚扔的，肯定很多学生从它身边迈过却视而不见。想了想，转身出去，拿着到了水龙头下冲了一冲，清洁如新，又转身进了教室，拿起一个学生的小刀，把瓶子口割掉，扔进垃圾筐，又装满了清水，抬眼看见教室窗前，月季花丛里有的谢了，有的开得正艳。选了一朵半开的，小心的避开花刺掐了下来，装进了瓶子里，回教室。

“停，”我用板擦敲了敲桌子，举起了我刚做成的简易花瓶。

“哟！”学生们惊讶，然后是赞叹的笑了起来，“好漂亮！”教室里开始了七嘴八舌。

“你们知道吗？这个瓶子是哪里来的？是我从我们班教室后面的地上捡到的！”我做手势让他们停止喧哗。全班立时哑然，有一些人反应比较快，惭愧的低下了头。

“我刚才用刀子把它制作成了这个花瓶，这朵花，是我们教室前面的花，当然这是秘密，咱不能对别人说，你们也不可以效仿。我只是想告诉你们，对于生活，你们要有两只眼睛，一只，要能看到它并不美好的一面，就像你们哪位随手乱扔的这个饮料瓶，而另一只，你们要学会发现，就像这塑料瓶里的月季花。我更希望你们有一颗慧黠的心灵，能把这不美的变成美好的。”我轻柔的、专注地、微笑地把这些话说完。

教室里一下变得鸦雀无声，我仿佛听到很多心灵在被轻柔的触动，我看到那些背脊挺得很直，那些眼睛里的光芒很亮……

而此刻，清晨的阳光正好斜射进窗子，照到他们的脸上，我站在讲台上，张开双臂深吸口气又接着说：“我喜欢每一个清晨，因为太阳总是新的，我愿意拥抱每一天的阳光，因为这样就会觉得浑身充满了力量！”

年 关

小时候总是不明白，为什么每逢过年的时候，父母总会因为一些鸡毛蒜皮的小事儿狠狠地吵一架，仿佛吵架也是一种必备的年货，没有它就过不了年似的。

读中学的时候学白毛女的剧本，杨白劳唱道：“人家的闺女有花戴，爹爹我钱少不能买，扯上二尺红头绳，给我的喜儿扎起来。”总是会跟着难过，过年了，穷人家的父母连朵花都给女儿买不起。

那时候自己家境还好，过年总会有新衣穿，有时候还是两套，又因了总能在过年拿回一张奖状，所以总是欢欢喜喜。

从什么时候开始，年，也在我心里变成了关了呢？

是从女儿出生那一年吗？女儿的预产期在正月，初为人母的喜悦，身体不适的煎熬，临产期的恐惧，都在那个年前后纠结。最终女儿还是在出生时遭遇意外，虽然闯过了难关，但那个年，因身体和心灵的痛苦，在记忆里是那么刻骨铭心。

是从公公生病那一年吗？那是快过年的冬天，一场大病让公公住进了医院，高额的手术费压垮了我们20多岁的肩膀，过年的时候，我们已是负债累累。我就对女儿说，妈妈给你洗干净这件粉色的衣服就是新的了，穿着过年好吗？孩子还小，乖巧地点点头。

是从爸爸生病的那一年吗？出院的时候是元旦前夕，我伏在爸爸耳边说，爸，我们回家过阳历年吧，爸爸走不了路也说不了话，我们抹着泪带他回家。那个春节我还是没给自己买新衣服，因为我记得自己上学时家里卖掉了一头上好的毛驴。

是从妈妈生病的那一年吗？我美丽的妈妈，有乌黑的头发，有优美的身段，乳腺癌，一下让她失去了这么多的美丽，也刺痛了儿女的心，一双重病的父母，让我们不多的收入里多了一份必要的支出。于是，在过年的鞭炮声里，逐渐体味到几家欢乐几家愁。

是从爸爸去世的那一年吗？爸在时，总会和妈妈一起准备很多年货，即使生病的那几年里，也是爸爸指挥，妈准备，不管病也好痛也好，总都还相伴着等儿女欢聚一堂。爸走了，妈便对着年发呆，对着年回忆，对着年流泪。大年初三，我们一起去给爸上坟，其中的酸楚，又有谁人能知。

是从老公自己开店那一年吗？为了养活一家老小，两手空空的我们，开始了新的打拼。债务一笔一笔，对于自尊要强的我们，犹如一座座小山。尤其逢年，总觉得欠别人的不能还，过意不去，能做的一点感谢也很微薄，于是过年时眉梢总有几分薄愁和无奈。

是从那份难言的隐痛袭来的那一年吗？当我把幸福的底线已经划到很低的时候，生活又生生地撕裂开一个口子让我来疼。人生，需要多少祸患才可以换来一点福分？而我竟然无力让这疼痛平复。唯有坚忍，和抗争。生活，你可以不可以让伤害变得最小？命运，你可以不可以让我否极泰来呢？

终于明白，年难过，难过年，年年难过年年过。在普通百姓的日子里，做了当家人，自知年滋味。

今年，依然如此。

只是，我站在这道关前，神色平静。

女儿期末考试成绩不错，各方面发展也不错，基本形成了良好的学习习惯和生活习惯。“女儿要富养”，一年里，虽然经济有些困窘，但是能给予她的爱和教育，在物质和精神上，我都竭尽所能。孩子自信，上进，活泼又温婉，令我倍感欣慰。

老公的小店也扩大了规模，虽然还没有正式投入使用，但是今年发展都在计划之中。一年里，我的所有工资都为他所用，站在新年的门槛上，我没有一分私房钱，也不能去买那件心仪的外衣，可是，我不抱怨。做夫妻的，同心同德，甘苦与共，该是婚姻最真挚的内容。

拿着透支卡给妈买了一件新衣，很正的红色，很端庄的款式，妈穿上很合身，很美。我心里也无比的熨帖，仿佛所有的褶皱都被妈镜子里的笑脸展开了。妈，就让我像你小时候疼我一样疼你吧，给你买一件新衣，即使我没钱，也不会让你知道。

欠账依然不少，但是都是亲人们的。请你们原谅我此刻的心安理得吧。你们都是我的亲人，在我最困难的时候，扶了我一把。请放心，今天，你给予我一片树叶，明天，我愿还你一棵大树。假使，命运对我很苛刻，如果我再遭遇到什么让我依然无力偿还，我想你们也不会苛责，因为我们的血管里流着同样的血，你们心疼还来不及，对吗？

年关，我终于不再那么怕你。

因为，“千门万户曈曈日，总把新桃换旧符”。不管我们愿意不愿意，喜欢不喜欢，喜怒哀乐总会一年年地过去。

在这岁月的流转里，我逐渐明白，其实这个世界上，谁也不比谁幸福多少，谁也不比谁痛苦多少，而我，一直没有失却追寻快乐的能力，一直没有失却被爱的能力。我被爱着，也努力地爱着，多好！

你们的爱，就是手中的那盏小橘灯，温暖、祥和，并且充满无限的力量，我会在这光芒的照耀下，微笑着，继续走下去！也祝福你们在新的一年里，平安、顺遂，万事如意！

情的菩提

一个秋日的黄昏，我在女儿的舞蹈教室外等她下课。

手里捧得是林清玄的散文，看的是情的菩提系列。？一花一世界，一木一菩提，正自花木中体悟人生时，人声嘈杂起来，原来是下一个班的孩子和家长们在陆续赶来，大人聊天，孩子喧哗。

于是，我合上书，静静的看，静静的听。正好一家妈妈和一家爸爸聊天，那个爸爸说，刚才停车的时候被一个电动三轮撞了，车给划了一道。那个妈妈问，那怎么解决的呀？爸爸说，让他走了，是做小买卖的，不容易。再说，我们车也都有保险，何必为难他呢？

我抬起头仔细看了那个爸爸一眼，细细高高的个子，戴幅黑边眼镜，脸色平和，在大厅柔和的灯光下，善良在他的脸上平静地泛出光泽。

我知道，这是他的言行带给我的心灵感觉，一如林清玄的菩提带给我的美好心情。

菩提喻指佛教中觉悟的境界。那么，面对社会，作为一个普通的小人物，时刻怀着同情，怀着悲悯，用善良的心去对待自己周遭的人和事，这是一种修养，亦是一种境界。我的心，在那一刻，顿生感动。

有一个小男孩是父亲的私生子，母亲是个涉世未深的小姑娘，生下他之后便远嫁他乡，他被抱给了欠下风流债的父亲。父亲有妻儿，便花钱雇人抚养他。然而，这个畸形恋情生下的孩子也天生畸形，从大脑到外形。托养了几年之后，生父便不再给钱，养父母在有自己的孩子的情况下却依然养了下去，而且当作宝贝般养着这个只能背着抱着或者坐在轮椅上的大脑永远停留在几岁的孩子。

这是我在一次家访中看到的一个真实的故事。我问过不肯扔弃这个沉重的包袱的原因，答曰：不舍。

不舍，不舍得的只是这个孩子吗？我想，不舍得的更是一颗柔软善良悲悯的心吧！这个因孽缘生下来的畸形孩子，会在世人的偏见下生活在唾弃和遗弃之中，却因为这样的不舍，赢得了来这世间的人应得的温暖和亲情，这，是孩子的善缘，也是人世间无言的大爱。

这个世界，每个人活着都有诸多不易，或命运多舛，或意志消沉，或心浮气躁，或歇斯底里，那么，我们靠什么来化解？靠什么来继续快乐地活下去？我想，最好的答案就是靠“情”。

父亲去世的日子里，我第一次真实地面对人生的死别，是那么的猝不及防，于是难以承受，守孝棺前的日子里，老公发来短信：我向在天上的爸爸发誓，一定好好爱你一辈子。我知道，其实他一直把我视若珍宝，更懂得当生活的痛楚袭来时，用爱情来助我度过难关。而平凡日子里的温情对视、相拥而眠，困苦袭来时的携手共度、相濡以沫，都让我无论贫寒还是困厄，都能时刻保持女人的自信和美丽。更让我无论遇到怎样的烦恼和郁闷，都能退回家中，在他的怀里诉说，汲取力量和勇气。

有一个已经上了大学的学生，曾经是我的得意弟子，毕业后却从来未曾探望过我。后来偶然从别的学生那里得知，原来是觉得当初我宠爱她一场，她却选择了教育局规定的片外高中，给我惹麻烦了，对不起我。赶紧托人给她带信说，你的前途最重要，老师从没在意过。后来她终于在假期里推开了我家的门，对我说："老师，谢谢您，让我的内心从此丰沛，让我学会发现和珍惜一切美好，让我拥有一颗追求真挚热爱生活的心，让我懂得人生可以不会英语可以不懂电脑但是一定要做一个好人。"那时，我更加坚定：对学生，动之以真情，是做教师获得职业快乐和成就的基石。

博客上了三年多了，断断续续的一直在写些生活琐碎的文字，我最初的目的不过是想记录孩子的成长和一己的悲欢，却一不小心就收获了太多的丰盈，一位朋友说，"劳累了一天的我，会在晚饭后，带领媳妇、孩子，来到你、若兮的小家，美美的读上几篇文章，来消除一天的疲劳，"还有一位大哥说："透过你的文字我们读到一颗清澈透明、美好善良的心灵。你应该得到更多的是理解、关心和爱护，当然，这里面还包括我们的敬意。"读着这样的留言和回帖，我总会涌起深深的感动，在网络的世界里，这些真挚的友情给了我太多的鼓励，让我在人生风雨中搏击的时候，总能面带微笑。

……

如此种种，亲情，友情，爱情，还有对社会对他人的仁爱之情，便是我们能继续忍受生活，能继续创造快乐的理由吧！纵使有一个惨淡的人生，但是只要温情还在，就足以让我们把生活的热情注满心间。

当然，还有一些情，不是简单的可以如此划分的，比如那个初恋的男孩，某一天又在生活的路上偶遇，比如生活的际遇里，出现了某个比爱人更让自己心动的女孩，再比如这个网络里，邂逅了心灵里至善至美的一段情感，那当如何呢？

如果你懂得得不到的永远是最好的，那么，你就能学会珍惜当下。

如果你懂得平平淡淡才是真，那么，你就能平复驿动的心。

如果你懂得生命一切皆有缘，那么，你就能安心随缘自珍重。

但，不是漠然呀，是可以偷偷欢喜，是可以暗自牵挂，是可以幸福品味，还可以是明媚的关怀，热情的帮助，温暖的注视。

一切无关风月，便能月白风清。这，亦是情的菩提。

情的菩提如何得？我觉得还是林清玄先生说的最好，那就是学会感恩，他说："最大的感恩是，我们生而为有情的人，不是无情的东西，使我们能凭藉情的温暖，走出或冷漠或混乱或肮脏或匆忙或无知的津渡，找到源源不绝的生命之泉。"

让我们都时刻对生活心怀感恩之心吧，然后从人间温情中获得免疫力，就能拨云见日，让我们的心底永远充满热爱，和希望！

人间有味是清欢

教室窗外有一排白杨，这是北方极常见极普通的一种树。

冬天的时候，我指着它们对我的学生们说：你们看，它不屈不挠，对抗着西北风。于是，一整个寒冷的冬天，从窗棂钻进的呼呼北风，却没有钻进我们的心里。

春天来了，却总不见春色。和几个孩子去了养花老农家，一个调皮孩子指着一盆盛开的粉色杜鹃说："老师，要这个。"咬咬牙，买了。

回来以后，好几个男孩子围着要闻闻香不香，我打趣说："这个花是有魔力的，你要是心中觉得生活美好，那你就能闻得到。"然后，我看到了一教室会意的笑脸。

那树，一年四季都挺拔着，站在窗前。那花，盛开在已经颜料斑驳的窗台上。却成为了我们学习之外最美的风景。

今年的春日犹抱琵琶半遮面，姗姗来迟，让人多了更多的期许和渴盼。

前几日的一个黄昏，我正在屋里埋头收拾卫生，女儿在窗外大喊："妈妈，妈妈！快来！好美的花啊！"满是惊喜的语调让我扔了手里的活计就跑了出去。

站在楼道上远眺，呀！村外的杂树丛中，几棵桃花开了，在夕阳的柔晖下，远远望去，仿佛几片淡粉的云霞。

拉着女儿跑到村外：泥土是如此的松软了，小草儿是如此的青翠了，野花儿也悄悄地开了，还有这夹杂在杂树丛中的几株桃花也灿烂绽放了……

一时间竟然看得感动了。这寂寞的花树，即使没人欣赏，也依然绽放了如此娇美的容颜，这就是生命的美丽吧！

和女儿笑着，闹着，摘几朵小小的野花，在林间追逐起来？，张开双臂，在麦田里佯装飞翔……

喜欢做饭。一直觉得作为一个女人，如果不喜爱做饭，那真是失去了做女人的一大情趣了。

我的厨房很是简陋，一些红砖几片红瓦，门窗都是旧货市场淘来的，泥垒的墙面，在刮风下雨的日子里，总会漏进满屋子泥沙，水管也是定时才有水，每天两个小时。

而且，不多的工资，老公创业的特殊时期，总让我在上班下班的路上都在盘算，怎样用最少的钱去买到可口的菜。

但是依然喜欢做饭，不会抱怨巧妇难为无米之炊，不会在乎太多的休息时间都在厨房里转，面粉是自家麦子磨的，烙出的饼是老公的最爱，菜是普通的家常菜，但一定是老公和孩子最爱吃的味道。

每每看着孩子在我端出饭菜后馋涎欲滴的样子，看着老公不愿去饭店里赴朋友的宴的时候，我就会想，什么是幸福呢？大概就是粗茶淡饭，一家人也能吃出香甜吧。

没有什么别的爱好，不爱麻将桌上定乾坤，不爱 KTV 里灯红酒绿，不爱人前背后争名夺利，只喜两件事：看书，写文。

看书，是一种习惯。每日必看，无论多少，不管高雅和庸俗，不管深厚和浅薄，只求静心。会在一句禅意的话语前沉思，会在一段优美的句子上怡情。

喜欢写文，？每一个人的内心都应该有一片纯粹的净土，这或者是对繁忙的日子的一种休憩，或者是对陷身污浊的一种自我救赎，或者是对繁重压力的一种缓释，或者是对自己内心唯美感觉的最后一种坚持。

一杯清茶，一首喜欢的老歌，一页书，一段记录一己悲欢的文字。

但不学究，不拽文，人群里，是一样明朗的笑……

苏东坡有一阙词云："细雨斜风作小寒，淡烟疏柳媚晴滩，入淮清落渐漫漫，雪沫乳花浮午玳，蓼茸蒿笋试春盘，人间有味是清欢"。

和许多人一样，喜欢极了这最后一句。

清欢是什么？林清玄说："是一种淡淡的欢愉，这种欢愉来自对平静的疏淡的质朴的生活的一种热爱。

更喜欢林清玄这解释。

诗词，是一切美好的事物和感受在文字上的停留，而林清玄，把这种美好再转化到生活中来，激发了我们对生活本真的热爱和追求。

清欢，该是人活着的一种至高境界。

它该是经历过绚烂之后的一种平淡，千帆过尽，只剩下水天一色在眼前；它该是现代都市里的一种内心坚守，繁华过眼，自留一瓣馨香在心底；它也该是乡野草民的一种怡然自得，一粥一勺是清淡，健康，一瓢一箪是自在、心安。

但这不是逃避，实在是教我们让灵魂在熙熙攘攘的世界中归于成熟、稳练、超然。

还有八个字，我觉得也是极好：

"从容入世，清淡出尘"

我想，这也是清欢。

生活这道菜

清代查为仁《莲坡诗话》中有这样一首诗："书画琴棋诗酒花，当年件件不离它。而今七事都更变，柴米油烟酱醋茶。"初读这诗多少有点让人感叹，好像有那么一丝对生活失望的味道。其实，柴米油盐有什么不好呢？只要你不失去琴棋书画的感受，生活这道菜，还是可以五味俱全，形色俱佳的，甚至还会蕴藏着生活的奥妙，来看看我的几道菜？

家常饺子

"把肉剁烂点。""白菜不要攥得太干了。""一会儿我拌馅儿呀我拌的香……"阅览室的门缝里传出了压低的争论声，压抑不住的欢笑也顺着门缝飘出来。

这是我们初三办公室的老师在聚餐活动——包饺子。每周一次，形式不同，这次大家提议包饺子，一呼俱应。于是锅碗瓢盆，油盐酱醋，偷偷地进校，打枪的不要。我在没课的时候溜出去集上买了白菜一棵，猪肉三斤，杨副校长打掩护给我们偷着和了一大盆面，开包喽！凡是不上课的老师都溜进阅览室，擀皮的拎着皮说自己擀的皮超级圆，包饺子的托着饺子说自己包的饺子好看，不亦乐乎。

热气腾腾饺子捞上来了，大家开始抢着尝第一口，后尝到的问先尝的："怎样？""嗯，不错不错，挺香的"拌馅儿的老崔忙活清了也夹一个，一口咬下去，自己哈哈地笑了："我自己要是不说淡了点，你们都没人敢说吧，哈哈！"大家也都笑起来，"怕伤你自尊，保护你。"我打趣道，"淡点好，同志们，多多吃啊！"

"咱给学生也端点去吧"何老师提议。于是我和另一个班主任一人端一盆饺子进了教室，"孩子们，老师们给你们包的饺子，一人一个，吃了饺子明年都考好成绩呀"一声令下以后，群起而抢之。我看见还有一个孩子一口塞了俩，哈！

在紧张的初三岁月里，这样的欢聚就像这一顿家常饺子一样，互相关爱，彼此鼓励，给辛苦和劳累的日子注入一些温情，既然，注定我们无权无钱，只能活一种精神，那么，我们就活出这样一份精神的愉悦吧。

拔丝红薯

那天中午回家，先换好衣服，然后直奔厨房。

先迅速地和面，面和好了，赶紧摘豆角，今天做干煸豆角吧，老公和小徒弟都爱吃。边摘豆角边想，不然再来一个拔丝红薯吧。赶紧掏出手机看一眼时间，12 点 15，还好，1 点之前可以做好。于是摘好豆角赶紧削红薯皮，冰糖，对了，要买冰糖——我就没做好过这道菜，今天换冰糖试试。咚咚咚跑到隔壁便利店买了一袋冰糖。插好电饼铛，一面开始烙饼，一面开始做干煸豆角，老公这两天嗓子疼，不想吃辣椒，好的，那放孜然得啦。

孜然豆角出锅了，尝尝，味道不错，有烧烤的感觉，嘻嘻……开始拔丝红薯了，先炸薯条，金黄为佳，再熬糖，少许油，放凉水搅拌？谁告诉过我的？也没时间网上查了，就这样试试吧。糖化了，开始沸腾了，不能急，不能拔丝呢，改小火，用筷子搅拌着，颜色渐浓，泡沫渐褪，越来越黏稠了，用筷子挑起来有拔丝的样子了，赶紧把薯条下锅，搅匀，关火，出锅。我高兴地端着盘子跑进车间让老公看，老公一手油乎乎，笑道："不错不错，有长进。"我便像得到了皇帝奖赏一样高兴地哼唱起歌儿来。

饼烙好了，再做点鸡蛋汤。然后搬出桌子放在院子里吃，因为阳光灿烂而温暖。老公和小徒弟风卷残云般——早就饿了。我倒翘起了二郎腿，慢悠悠的夹一口拔丝红薯，甜香的味道就着秋日的阳光缓缓地沁入心底。忽然间抬头看着湛蓝的天空眼睛就迷离起来，生活的重担岁月的负累在这一刻里，全被冲淡了。

有人说，生活像糖，甜到忧伤。我想说，在略带苦涩的生活际遇里，生活像一盘自己在忙碌的时刻里做出的拔丝红薯，让人获得片刻的甜香。只要有这甜香在，便可以鼓足劲头，继续上路。

清蒸龙虾

间或也会享受饕餮晚宴。那一天晚上有淡淡的月亮，还有淡淡的云。

我们和朋友夫妻一起去吃海鲜，孩子们都在各自的家中写作业呢，就我们四个人悠哉的出发了，钻进了市郊一条幽静的小巷深处，名曰"一招鲜"，平房大院，环境幽雅。

本来是要吃螃蟹的——两个男人都爱吃。结果两个男人挑选螃蟹的时候，又和一只大龙虾对上眼了，将近三斤，出来的时候对我们说："你们猜，这只龙虾做出来多少钱？好几百呢。"我说："乖乖，这可是咱自己的血汗钱。""呵呵，上次我们就想来吃，但是没舍得，于是我们说好了，如果这几天卖掉一台机子，就来吃龙虾。"

女友说道。呵呵，原来如此。女友夫妇自己开厂子，虽然比较有家业，但是现在是重新创业，从底层干起。我去过她的厨房，和我的一样，简陋而窄小，房顶漏雨，下面老鼠经常过来逛荡。

金秋时节的螃蟹自不必说，“巨实黄金重，蟹肥白玉香”；单说那龙虾，且不说它的肉质劲道独特，仅那艳红的外壳威武的龙须，就已经大大满足了人的视觉感受了，我吸一口气说：“这是我吃过的最奢侈的饭了。奢侈，不只是因为它昂贵，更是因为今天的月色这样美好，这里的环境如此幽静，人间美味就是需要这样的好心情来享受的。”女友笑道：“其实谁也不会总来吃这个，咱也就是偶尔犒劳自己一下。”我点头称是。

也喜欢生活中偶尔的奢侈——当然，是相对于我们的生活水平而言的。奢侈，这个东西就像做菜时放的盐，放多了承受不起也会难以下咽，没有它也会寡淡无味，所以，恰到好处，就是境界。

当然了，席间还要来一盘清炒苦瓜，不为别的，只为品尝那苦涩尽后的特别的爽口爽心；还有爆炒洋葱，一片一片剥开来，总有一片会让你流泪……不管是哪道菜，不都是生活的滋味？如果你有心，还可以温一壶月光下酒，蘸几点星辉品茶，喝一碗粥读书……如此，生活何惧柴米油烟酱醋茶？

又到冬天

这许多年，冬天，都是我所难熬的季节。亲人们总爱在寒潮初来时进医院，手脚总是在入冬时就被冻得且痒且痛，还有一直最不爱吃的大白菜会变成饭桌上的常菜，我怎么会喜欢呢?

时光，总是这么不紧不慢地流逝。四季，也总是这么有条不紊地轮回。

其实，冬天早就到了，只是我太过忙碌，一直没有时间整理我的冬天，可是，只要闲暇时端坐办公桌前，看着窗外冬天袒露的田野和枝条萧疏的白杨时，就会满心希冀地想着我的冬天，想着用文字写下我的冬天，彼时，内心一片安宁。

刚入冬时，老公说："你要做好准备，我们冬天没买煤，去年剩下的一点煤，等实在熬不过去的时候，再拿来应急烧一烧。"我说好。其实我素来伶牙俐齿，也喜温暖舒适，但此刻，我乖巧的像只讨好主人的猫。因为我知道，温顺，就是一种理解和支持，何况，也不是没挨过冻，寒冷，不过是人生的一种体验而已。

但是给家里买了煤，老老小小的不能冻着。煤球买来后卸在院子里，要穿过厨房运到小后院的锅炉房，这得用筐背。都忙，每个人上班的上班，干活的干活，煤便堆在院子里好几日。我看着心急，生怕下起雪来会更难倒腾，于是每日下班后加班运煤，女儿帮我，我用筐背，她用簸箕端，边端边快乐的给我背英语课文，忽然又蹲下身子腻在我身边说："妈，我想分些煤给你们。"我笑，不用啦，妈妈有法宝，你爸就是我的小火炉。

给妈打了一个电话，说我想要一件棉袄，那种布做的有棉花的棉袄。妈在电话里说你真穿？我轻笑，说穿啊。心里知道妈肯定以为这么臭美的人怎么肯穿那么臃肿的棉袄呢？知女莫若母，而知母也莫若女呀。只是我不肯说出因为今年没打算生暖气，怕妈心疼。等棉袄做好拿回的时候，暗红色的底儿带点浅黄的小花，柔软贴身，舒适无比。只是腰肢也跟着缩进棉花里去了，老公嗤笑，谁家小媳妇儿回来啦？我也哈哈，却舍不得再换下，第一晚竟然像个终于得到一件新衣服的妞妞，穿着它钻进了被窝，伸出胳膊捧着毕淑敏的书来读，无比惬意。

那天做好了饭靠在门口等老公吃饭，忽见路边有卖白菜的三马车。咚咚跑过去问了价钱，4 毛。要了 200 多斤，借了一辆三轮车推回家，才发现现在一百块钱也不过只能买一三轮车白菜而已。大概是自己亲自买来的缘故，今年对白菜没有什么抵触，素炒炖肉醋溜凉拌都觉不错。每次都眼巴巴的瞅着大家的眼问，怎么样好吃不？我买的白菜不错吧，现在都涨到 8 毛了，幸亏我有先见之明且当机立断，不然，等下雪了，连白菜你们也吃不到了！很是自得。

于是，就这样迎来了冬天。

其实今年的冬天很仁慈。雪没有来，风没有来，寒冷也一直没有加重脚步，阳光，倒是也有了好几日的明媚，学校的暖气也比去年要好。婆婆说，老天爷可真是发善心呢。我暗暗叫苦，我希望天冷点、更冷点，越冷，生意应该越会好一些吧？正好给学生讲古诗《观刈麦》，讲到"力尽不知热，但惜夏日长"，我说这是多么矛盾的心情！然后顿了一下，想起了办公室同事说自己的父亲做了一辈子木匠，却没有一件像样的家具，父母只有一个衣柜，还是白茬——没油漆。她悲哀地说，一辈子了，为什么生活质量丝毫没有提高？又想起了自己上初中时就背的《卖炭翁》，“可怜身上衣正单，心忧炭贱愿天寒”，于是，低低地发出一声绵长的叹息。

学校里今年各种活动颇多。主要组织者当然是班主任了，这是很费心力的事情，所有当班主任的人都不太年轻了，经过了热血激情的青春岁月，对活动也就腻烦起来。但是，学生永远年轻，不是吗？我知道自己是认真的人，所以我不想辜负他们的青春。于是，认真努力的带学生排练准备，用自己的言行引领着学生：得奖不得奖并不重要，生活只是一种经历而已。最近有元旦联欢，合唱的节目我选了《隐形的翅膀》，自由类节目选择时，我说，我们男生来段相声，女生排个舞蹈吧？学生们欢呼雀跃。于是见缝插针的排练，总惹得不少班的学生观看，听见我班最调皮的男生说，这是我们班主任亲自教的，语言里的自豪令我不禁莞尔。

我有一双很瘦的手，但不是柔若无骨，而是骨节分明。平常家务本就多，到了冬天，有时候没有热水又用冷水，手就更加粗糙起来，另每一个看到的人都慨叹，甚至一个朋友说，你快把手藏起来，我不能看，我看了就难过。我就笑，那些手心的纹路凌乱而深刻，我知道，每一道都有我不能缺少的生活内容，它们沟沟壑壑，令我的手心握了满满一把生活的沉重，和岁月的苍凉。但，这何尝不是一种丰富呢？虽说手是女人的第二张脸，我也知道应该好好保护，但，当我不能选择娇柔时，坚强有力，我也当它不丑。

最喜欢冬日里上午的一小段时光。一般都是下了早自习后第一节课，办公室里的老师都去上课了，只有我自己，于是什么都不干，守着一组暖气，对着窗台，放两片苦瓜片，沏一杯水握着喝，微苦微涩的苦瓜茶，却神奇的另我最近嘶哑的嗓子受到一些润泽。膝盖上放一本书，静静地细读，有时是小说，有时是散文。读着，读着，有时候不自觉的发出一声绵长的叹息，有时候则是会心的微笑，有时候眼到之处，忍不住用手指轻轻地抚摩，心灵的褶皱似乎也在这抚摩中舒展开来……

又到冬天，我开始思索：

什么是理想的生活呢？物质和精神要达到怎样的高度才算是理想呢？如果有一天达到了，会不会衍生出新的郁闷和不足呢？

我们都认为外面的世界最精彩，别人的日子最丰盈，那么，别人又怎么认为呢？

生活的本质到底有什么不同呢？锦衣玉食和粗茶淡饭的区别到底在哪里呢？

书，和那些书中的人物，以及我的思索告诉我：

如果不能过一种理想的生活，那就过一种有理想的生活吧。有理想就是在未来的日子里，你应该怎样寻找更高的成就感和真切的幸福感。

其实我们所想象的外面的生活，和我们自己的生活，也没什么两样。你现在所拥有的，也许正是别人所追寻的。我们一直想要的精彩，不过就是真实的平淡。千好万好，平平安安，最好。

生活的本质不在于你用什么样的杯，而在于你是否喝到了甘甜的水。所以不要总是盯着那杯子，而让自己忽略了去品尝水的甜美。

又到冬天，我又明白了很多，很多……

走过冬天

我不喜欢冬天。

天空常是阴郁着一张脸，大地上一切都沉寂，若是偶尔太阳露个笑，那又准是狂风怒号着向你劈面而来，让你不得不缩下头去。

最可爱的也无非是下雪吧？但，堆雪人打雪仗那是孩子的乐趣，“忽如一夜春风来，千树万树梨花开”那是诗人的惊喜，“北国风光，千里冰封，万里雪飘”那是伟人的胸襟。于我们呢？要烦恼扫雪的繁重和安全隐患，要更早的小心翼翼的去上班，弄不好就要伤痕累累的回家——路本就难走，若一下雪，冻了冰的日子步履维艰。

这还不算什么，最难过的是，到了学校，直奔暖气片，又嗖的把手缩回来，不是太烫，是冰凉到心底。偶尔温热的时候，那点温气也被从破落的门窗里钻进的风带走了。于是，有的学生的手被冻得皲裂如龟壳，偶尔还带着血丝，我自己也把？手瑟缩到手套里，待到写字的时候再伸出来。

这时候，家该是最温暖的地方吧，可是，取暖设备是不少，采暖炉、暖气片、空调、电热器，一应俱全，却因为种种原因没有一样能真正发挥作用，有时是买得起马却配不起鞍，有时是心有余力不足，因此回到家，依然是冷屋凉炕。

所以不喜欢冬天，风花雪月从来都是不食人间烟火的，那不可抗拒的寒冷才是生活最现实的无奈。

今年，依然。

早早的做了保护措施，穿的像个棉花球一样，依然是把脚给冻了，又疼又痒。

没课的时候习惯和同事们一起跺着脚闲谈，一个同事小声说："我都不好意思说，我的腿都冻了。"我讶然，又无奈的笑笑，早晨6点多就来上早自习了，寒风刺骨，我们也不过都是较弱的女子罢了。

闲谈中，又扯到了家庭琐事，有人说为了还房贷买条鱼儿子吃鱼头，夫妻俩吃鱼尾，有人说最难的那一年一年都没买一件新衣服，有人说父母供自己上学了现在弟妹要结婚就得勒紧了裤腰带给钱……

我听着，都理解，我们都是一样的，都在背负着岁月的沉沙，责任的重担，很多时候，没办法有自我。

"其实，谁的生命中没有过一段最艰难的日子呢？"一个同事感叹到，"都会过去的，现在我们最需要的是心态的平和，其实，我们已经很幸福了，有健康的身体，有稳定的婚姻。"

抬头看窗外，杨树枝条稀疏的在天空下静默着，"是啊，就像冬天，只有经历过真正的冬天，才能知道春天的温暖，才能感受人生的别样滋味……"我也随声感叹。

感叹过后，觉得心意似乎是通透一些了。继续看窗外的杨树，有两只麻雀在冬天的枝头跳跃嬉戏，禁不住微笑起来。

想起了每天晚上睡觉的时候，女儿用冰凉的小脚丫翘到我的肚子上，我又把冰凉的脚丫压到老公的腿上，然后我们都惊叫着笑闹，或者安静的挤在一起看书，直到彼此的身子都温暖了再睡去。

想起了女儿怕自己早晨不敢起床，睡觉的时候坚持不脱秋衣秋裤，每到早晨5点半就会准时伸出小脑袋冲我微笑，麻利的穿衣起床，那天中午发现她的手有一小块也冻了，我心疼的抓过来，她说，妈妈，没事，一点都不疼。

还想起了，每天早晨我来学校的时候我的学生早都来了，他们头上的霜雪还没有化尽，就已经在拿着书背诵了，那朗朗书声，是我每天听到的最美丽的声音。

我不知道，如果没有冬天的寒冷，人还能不能感受温暖的爱？我不知道，如果没了生活的苦，孩子能不能练就坚强的翅膀？我也不知道，如果没有求学的艰辛，学生还能不能树立坚定的理想？

但是我知道，冬天，虽然我不爱你，但是你若来了，我就一定要学会把大白菜炒出许多花样，还要用你当教材，让我的女儿拥有面对寒冷的勇气，让我的学生明白什么是刻苦和努力。

冬天，我将坦然走过你，无忧，亦无惧。

享受冬天

开始喜欢冬天，是因为冬天的树。

是刚进入冬天的一天午后吧，推开家门进了院子，忽然感觉院子开敞而明亮，抬头看天才明白，原来，是因为树的枝叶都落尽了。于是驻足凝望这些冬天的树，它们裸露的枝干交相横斜，在苍茫不着一片云的天空的背景下，像一幅简约自然的画。那些粗大的枝干苍劲而有力，像伟岸的男人的身躯；那细碎的枝条纤细却不娇柔，像坚韧的女人的风骨。原来冬天的树也会如此的美！他们褪尽了繁华，还原了本真的面目，收敛了所有的矫饰和张扬，平静而孤清的峭立在冬天里，普普通通，却卓尔不群。还有那旷野里的树，几棵，一排，或者就是一株，北方的寒风呼啸过旷野，他不屈不挠，天地间苍茫无限，他品味着孤寂。于是我就期待着一场大雪的到来，她素衣素面，蹁跹而至，她一片片落在树的身上，树聆听着她无声却胜过千言万语的诉说。他们安静的对视着，树卸去了孤傲，袒露了脆弱，雪用笑容把温柔浸入了树的心，有一种陪伴无需说出吧，我愿意看到所有孤单的灵魂找到属于自己的归宿。我也知道，雪在树的心里融化了，就会变成春天。

学会欣赏冬天，是因为那个凌晨的星星。

那天五点多钟起床，习惯性的先在院子里转一圈，查看天气情况，却一下子被满天的繁星吸引了！村庄还在沉睡，安静深邃的夜空里，满天都是明亮的星星，它们仿佛就挂在我的头顶，手可摘星辰；又仿佛漫天的眼睛，澄澈而深情。想起，小时候总是躺在打麦场上仰望夏日的星空，那时候的夜空就是这样美丽澄澈的，自从童年的记忆后，就没有见过这么美的夜空了吧？是因为现代文明的污染还是因为成人后匆忙的脚步呢？也许，都有吧。没想到，居然在这冬日的凌晨见到了久违的星空，这些星星，因为黎明前的黑暗显得愈加明亮，因为村庄的安静显得分外动情，也因为地上只有一个我，而显得格外亲近。如果不是这冬的阴沉，哪来这星的明亮？如果不是冬的萧索，哪来的这星空的生动？原来看似单调枯燥的背后也有可能蕴藏着久违的美，只看我们是不是可以恰逢机缘发现罢了。双手合十，在星空下许个心愿吧，愿岁月如这星空一样祥和安宁。

爱上冬天，是因为冬日的夜晚。

一般都是先匆匆回家，安顿好孩子后便赶往小店，锁好门后，就变成了纯粹的二人世界。我穿着碎花棉袄，在小厨房里随心所欲的做我自创的饭菜，老公有时候会钻进来烤炉火，我也在间隙里和他围坐一会儿，“绿蚁新醅酒，红泥小火炉，晚来天欲雪，能饮一杯无？”虽然没有美酒亦无风雪，但是丝毫不影响我心中的诗情画意，一杯白开水俩人喝，在暖暖的带点昏暗的灯光中一样能泛起浪漫的情怀。饭后再回家辅导孩子一会儿以后，就有那么一些自由的时光了，我上网看书，老公看电视，他会沏一壶我最喜欢的碧螺春，端到我面前，我也会在上网的间隙里，跑到他身边，蹲他脚下，像一只讨好主人的猫，最爱伏在他的腿上，头靠着他的膝盖，瞎搅合一下电视内容，有时候电视画面正好切到青山绿水，我的心头蓦然而起激动，就急切的用手快速又温柔的摩挲他的大腿，还昂着头，充满渴望地看着他。他低头看我一眼，笑笑，然后继续看电视，边喝茶边点头。我知道他懂我的意思，我是在说，真好看！我喜欢这样的地方，以后我们有钱了也要去！我也懂他的意思，他是在说，是，确实好看，以后有机会我们就去这样的地方玩。

有时候，也会回家吃晚饭。女儿打电话说，奶奶让回家吃饺子呢。于是老公骑电车带着我唱着歌儿往家跑，好吃不过饺子，甭管什么馅儿，何况是白吃呢。到家的时候，婆婆还在包，公公在擀皮儿，我赶紧洗手拿筷子，边和婆婆聊天边帮忙包饺子，“妈，最近河北卫视演一个电视剧《请你原谅我》，你肯定喜欢看。”我是话痨，还专爱捡老太太爱听的唠，“是吗？我最近看的电视剧都不好看，你说的这个是演什么的？”婆婆颇感兴趣，“文革后，恢复高考，男女主人公的命运从这个时候开始，你会喜欢看的……”“煮饺子啦，先煮着这些。”公公过来端饺子，我就开始喊女儿和老公过来吃饭，端上来一盘，老公大喊：“快抢呀，再不吃就没啦。”我们哈哈笑起来，因为这是女儿小时候最常在饭桌上说的一句话，女儿哼一声，咬一口饺子，说：“香！”咽完了，再补充一句：“一家人在一起，就是幸福。”婆婆听了偷偷笑，这小人儿呀，总是出口就很哲理。我边包着剩余的几个饺子，边用手也拿了一个咬一口，说：“嗯，香啊……”

感谢冬天，是因为猪肉炖粉条儿。

这可是北方冬天的家常菜也是招牌菜。猪肉不表，单说粉条儿。前些日子，一好友打电话过来：“我买了新鲜红薯，又去很远的地方找作坊加工，给你做了一些粉条儿，过些日子给你送去。”“好吃好吃，那肯定好吃的不得了。”我嘻嘻笑着，“好吃不好吃不敢说，关键是绝对干净卫生，纯天然的，吃着放心啊。”好友质朴的声音一如其人。挂了电话，心生感动，这个冬天，被人牵挂着，简单质朴的情义，牵系在那纯天然的粉条儿上，我知道，我的冬天不会冷也不会乏味的，它会于寒风中飘出猪肉炖粉条的香味儿，熨帖着我的胃，也熨帖着我的心。红薯粉条送到的时候，我分给婆婆一半，又把自己的一半拿出一半来装进袋子，送给了一位心地极好的同事朋友，她笑说，这样的粉条儿造价可高啊。我说，去凉拌菠菜吧，一定好吃。我想应该打电话告诉我的好友：好东西，接受和分享，都是一种幸福。

这个冬天，一直都忙碌。

冬至前一天，我在下午五点钟的教室里，靠着带着点余温的暖气，看着窗外已经暗下去的冬日黄昏，说："到了明天，白天和黑夜就一样长了，而转过冬至，白天就会逐渐变长了，我们终于坚持了过来，太阳会一天比一天早起的，我也不用再特别担心你们早晨上学的安全了。"是的，这就是我这个冬天一直期待的。作为毕业班，作为不能住宿的乡村毕业班，作为自己带了三年的毕业班，我是多么多么希望明年六月他们和我都展开灿烂的笑颜啊，所以我们只能一起披星戴月的走过这个冬天，当我在朦胧的晨曦中推开教室门，看见已经早来的孩子们认真学习的身影的时候，心里总会充盈起一种激情。在这样天寒地冻的日子里，谁不留恋那温暖的被窝？但是，睡不醒的冬三月，却恰恰是学习的黄金时期，所以我们披着晨霜，沐着星辉，数着三九，努力在冬季。一起走过的日子，必将成为每一个孩子和我生命中难忘的日子，有了这些，冬天，将不再苍白萎顿，有了这些，春天也必将盈满生机。

这，又何尝不是一种享受呢？

石头开花

其实，从第一天带女儿去学舞蹈的时候我就后悔了。

第一天，我们试学，其他家长都在外面，我因为看课，坐在教室里面，年轻美丽的舞蹈老师领着一群小鸟飞来飞去，女儿在中间，明显的笨拙和无所适从，这是一个暑假就开课的提高班，我们和这个班的孩子错过了 3 个多月，三个多月这些孩子已经基本入门了，而且她们中间最小的 7 岁，我的萌萌，只有 5 岁半。

接着老师要求一个行进步练习，“分组！”老师的命令一下，所有的小朋友手牵手结组跑到教室一角，一看就训练有素，但是，偌大的教室，只剩下女儿了，像一个离群的小小孤雁。一下子，她站在那里左看看右看看，一定是感觉自己多余了，一定是感觉自己孤独了，因为她红着脸，绞着手指，嘴一撇，“哇！”的一下哭出声来，两三步飞跑到我身边，扎进我的怀里“妈妈！”

我感觉到她大滴的泪水落到我的胳膊上，忽然觉得好心疼好心疼，我明白的，我明白的，这些年太忙了，很少带孩子出来，孩子又一直在农村幼儿园上学，缺乏锻炼，她有她的自尊和骄傲，她一定是感觉尴尬和没有位置感了。

本来带她出来就是为了锻炼她的能力，让她多接触外界，可是，会不会这样不平等的起点对她是一种打击呢？我后悔了，我真的后悔了。

幸好美丽的舞蹈老师走过来，微笑着说："宝贝，跟老师过去好吗？"以为女儿会像鸵鸟一样不想再抬起头，没想到她伸出小手放到老师手里，啜泣着跟着老师过去了，不知道那流着泪的脸里需要多少勇气去面对那些她觉得陌生的同伴？

回家的路上我问女儿还学舞蹈吗？学！女儿点头，很坚定。我心里都敲小鼓了，我想退却了。每个周六和日都要来，又离得远，不是很方便的交通，我更怕，她跟不上会失去信心，那就得不偿失了。但是看她坚定，我也就给自己打了打气。

第二天，我依然看课，练基本功，教学新动作，最后是复习一个舞蹈组合，那是一个比较复杂的组合了，跟着音乐，孩子们基本都很熟练，我关注着女儿，只见她眼睛左瞟右看，基本上能照葫芦画瓢，冷眼一看，还真看不出她是个新来的，感觉欣慰很多，可是，做完这个组合之后，坐在地上暂时休息的时候，女儿蜷起双膝，把头扎进去了，有小朋友对我说："阿姨，她哭了"，我看着她，这次，她没有再奔向我的怀抱，并且，她努力的不拿眼睛看我，我知道，她是害怕自己又失控的想找妈妈，而这样努力的控制自己，是不是也是一种心灵的成长呢？

下课的时候我偷偷的在她耳边问："告诉妈妈，为什么哭了？"她轻轻的说："她们会的我不会。"哦，我知道了我知道了，小小的心灵里也有上进心的，唯恐自己是最差的那个人。我微笑着亲亲她的脸蛋说："宝贝，你就是最棒的，你来的时间晚，我们一定会和她们做的一样好的。"

第二周，我们再去，我没再进去看课，我想，或者女儿的自尊和尴尬是因为我在看着，孩子，也希望最亲的人看到自己最骄傲的一面。快下课的时候，老师让所有的家长进去，一个一个的让孩子们下腰，现在正在练习跪下腰的阶段，但是这些已经练习了三个月的孩子们，还有很多不会跪下腰，老师一个一个的介绍情况，示范，要求家长回家带孩子练习，我看了看，还有6个孩子一点都不会，有的胆小，有的体制差，有的不刻苦，而女儿，是因为刚来。

第二天，下午才会上课的，上午我带女儿练习，抱着腰练了几个，尽管我不断的表扬，但是她还是要开小脾气了“我的腰疼，我不练了！”她撅嘴说。我一下气的扔她在床上，想想为了带她学舞蹈，我没有了休息日，回家看父母也要加班，就不由得恨自己了，别人家孩子不学什么特长不也一样吗？自讨苦吃！于是，我虚张声势的指着自己的心口大声说：“好，你真棒，你在妈妈这里放了一块大石头！不练了，玩吧！”

其实，我最担心的是前功尽弃，对于她的人生，这个开始的失败会成为她以后成长路上的障碍，那我就更后悔莫及了。

下午再去的时候我是硬着头皮的，不知道这次又会不会哭。等待的时间总是很长很长的，尤其是对于并没有信心的人。我坐在教室外的椅子上，想着是进还是退，批评着自己太急功近利了，反省着自己是不是给她过高的要求和压力了，我想撤退了，干脆，还她一个什么负担都没有的童年好了！

下课了，孩子们有跑出来找妈妈的，不见女儿，我进去，只见她急急的拉住我的手说：“妈妈妈妈我会下腰了！”然后在别人都在换衣服的忙乱中，她迫不及待的跪在地板上，双手举起，然后轻轻向后弯腰，低头找到地板，手由直变曲，撑在一个合适的位置。过了几秒，又轻巧的直起腰身，整个动作，就像一只小小的蜻蜓，一下在我的心湖上表演了一场完美的点水。

我张大嘴巴，第一个反应是看老师，老师冲我微笑着说：“这个孩子真棒，很多人好几个月都不会的东西，她这么两天就会了！”

我抱起女儿，心里似乎一下子找到山重水复疑无路，柳暗花明又一村的感觉了！我更高兴的是，女儿自卑和胆怯的心理一下在这样的成就感里就都消除了！

下楼的时候，已经华灯初上，昨天我还觉得是一种生活的负累的夜，今天似乎格外美丽了。我手舞足蹈的转个圈说："宝贝啊，妈妈心里像开了花一样呢！"

"妈妈，是不是你心里的石头开了花？"女儿明亮的眸子如街灯般闪烁。我愣了一下，眨眨眼，表示疑惑。

"你不是说，我在你的心里放了一块大石头吗？我想，把妈妈的大石头搬掉，是不是？我放进去的大石头已经开花了呢？"

那一刻我惭愧得无地自容了。一个仅有五岁的孩子在妈妈虚张声势的恐吓中，只是使尽浑身解数去做出一个让妈妈开心的动作，为了搬开那块压在妈妈心底的石头，不知道，当她的小小的头颅昂向地板的时候，她是用怎样的勇气去忍受肢体之痛呢？

我蹲下身，看着她的眼睛说："是的，妈妈心里的石头开花了，因为我的女儿是最棒的！"

我看见她的眼睛里有释然和骄傲的笑，而我的眼睛，一定是因为路灯太昏暗了以至于感觉有些被刺激的湿润……

我终于知道，石头也可以开花。

这花朵，是一个孩子用所有的勇气和努力换取的一个奇迹，是一个孩子用孩子的爱为妈妈开出的花朵！

谢谢你，女儿，因为你让妈妈也学会了怎样对自己爱的人多些耐心和付出，怎样让石头也开出花朵！

原来幸福也可以如此计算

这个冬日中午的阳光难得的明丽，透过大大的玻璃窗挥洒出一个大厅的温暖。餐馆里座无虚席，安静或者喧哗的，每一桌围坐的人都各自沉浸在亲朋共进午餐的温馨中。

女儿坐在我对面，深深地哈了一口气，满足的用餐巾纸擦着油乎乎的小嘴，又轻松的扔在了桌子上，一副渴了一路的人终于喝到甘甜的水的酣畅模样。然后由衷地感叹了一下："妈妈，我今天幸福了三次！"

我停住夹菜的筷子，一下怔住，然后看着她一下大笑起来，"什么，你幸福了三次？"第一次听到用"次"来形容幸福呢。

"对呀，你看，"说着，伸出自己右手的小食指比划着说："今天早晨，妈妈给我梳了漂亮的辫子，这是一次。"我心里一顿，因为天天上早自习，没时间给她梳辫子，爷爷的大手太过粗糙，梳出的辫子是直硬的，听说女儿自己会梳辫子了，但是我没见过她自己梳时的样子，只见过那放学回家头上整齐的辫子俨然出自大人之手，我还曾经很骄傲，5 岁的女儿自己能梳辫子了。可是，却不知道，在小小的心灵里，妈妈那双灵巧温柔的手能梳一次辫子就是幸福？

看着她眼中的满足和快乐，我却分明的不好意思起来。于是追问："那第二次呢？"

"第二次，"中指又伸了出来，大概习惯了幼儿园掰手指了，不禁又想笑了。"第二次，你看，"她从自己腿上拿起那本吃饭前超市买的大本绘画书："就是你给我买了这个书啊，其实，妈妈，我过去说要手工书，是我不知道有这样的绘画书，这样的我也非常喜欢呀！"

说来惭愧，孩子的书都是随意的见到就买，而大多也都是随着自己的意愿买的一元两元的小本的书，记得女儿一直要求要一本大的手工书，很多次了，但是总是觉得自己忙，一直没有来给她买，这次看她摩挲着这本绘画书，直叫妈妈妈妈，目光里满是期待，就给她买了，或者是圆了一个梦想？

"第三次？"饶有兴趣变成了迫切的想知道小小女儿内心的渴望。

"第三次呀，就是我终于又尝到了商场的这个鸡翅膀的味道了，这下你明白了吧？"她很得意的仰起头，还用小手指指桌子上的鸡骨头，然后抬起，用我还没反应过来的速度蜻蜓般地点了一下我的额头，自己呵呵笑起来。平常的时候她都是故意的，故意用和小朋友游戏的口吻，点一下妈妈的额头说："你是一个小丫头！"

我被点的头向后昂了一下，伸出手指回点她一下："小丫头！"女儿咯咯笑着躲开。

我看着她，后面是几乎落地的玻璃窗，餐馆二楼的阳光比一楼灿烂，也许是吃的卖力，也许是阳光格外的温暖，小额头上已经有细密的汗珠渗出，这汗珠和晶亮的眸子一起，在阳光的照耀下，连同小脸一起焕发着一种光芒，什么光芒呢？或者就是幸福？

幸福这个概念，是我从小灌输给她的。

当她询问为什么胡同里的小朋友翠翠没有爷爷奶奶时，我告诉她你都有所以你是幸福的；当她告诉我幼儿园阿姨表扬她字写得清楚漂亮时，我告诉她你很努力所以你很幸福；当我给她洗完干净的澡换上柔软的衣服时，我告诉她你可以穿干净柔软的衣服你很幸福……于是，当我在某一个她或者安静或者快乐的瞬间问她你现在感觉怎么样时，她说：我真幸福。

只是，不知道，什么时候她自己学会了主动来表达自己的幸福，并且又用“次”来计算幸福了呢？

我知道，我的心已经在她幸福满足的表情里温软起来，因为，作为一个妈妈，终于能把所谓的忙碌都抛下，在休息的日子里带着心爱的小女儿逛街吃东西买书，这些看起来是对女儿幸福的渴望的成全，对自己又何尝不是幸福了一次呢？

于是，我看着女儿微笑，微笑的时候不禁感叹着，她说的又是多么好呀：

当我们每天可以看到我们的挚爱亲朋的笑容的时候，我们就幸福了一次！

当我们可以看到一本自己喜欢的书放飞自己的心灵的时候，我们就幸福了一次！

当我们吃到可口的饭菜感受活着的美好的时候，我们就幸福了一次！

……

原来，幸福是能简单到可以用“次”来计算的呀！

也许，幸福真的是一种不可持续的感受。人生苦短，不如意的事情又占去了十之八九，很多时候我们都是在追寻幸福的路上苦苦求索着，而幸福又是那么的没有形态，当我们想用手紧紧抓住的时候它总是会不经意间就溜走，当我们想让它永驻心底的时候，它又是那么轻巧的就被痛苦挤没了位置，更何况，在物质文明已经高度发达的今天，欲望充斥了人们的心灵，幸福的感觉当然是弥足珍贵了。

但是，我们可不可以学着把幸福用“次”来计算呢？

因为，一次次的幸福就会组成一个幸福的今天，而每一个幸的今天就串成了我们幸福的人生！

琐 记

一本流水账，记录这一小段日子。

我的时间，从早晨6点到晚上8点，都以分钟来计算，基本的步态是跑。周一到周五还好说，至少看作业和备课的时候是可以坐着的，所以，周一到周五，即使再忙，我都觉得是在休息。周六和周日除去上课外，还得带孩子学舞蹈，还得回娘家看父母，更得洗衣做饭，我经常在这几个点上来回画圆。才刚刚30岁，就忽然感觉到了生命的短暂，都说感觉时间不够用的人，是因为他真正懂得了珍惜时间。我是吗？我不知道。我也不知道，我所忙碌的有没有意义，有时候觉得人生一世，草木一秋，总要努力留下些什么，开花也好，结果也好，或者哪怕曾经蓬勃向上也好。有时候觉得，何必辛苦自己，生命是要用来享受的。但是，又深深知道，我的姿态只能是站立和向上，因为太多的人，需要我。我只能告诉自己，被需要，也是一种幸福。

好几天没见到女儿了，我竟然没有时间回家看她一眼，直到昨天晚上，我正在吃晚饭，她打电话，清脆的童音在我耳边诉说着：“妈妈，今天很冷，我不知道我明天该穿什么衣服了，还有，我的衣服也太脏了，我都像一个没妈的孩子了。”我不知道她的心里有没有委屈，一丝惭愧涌上心头，但是我依然没有回家，因为我已经没有力气再走夜路骑车。嘱咐老公回家给她拿了衣服。第二天早上，没有第一段的早自习，依然6点起床了，做饭吃饭，到女儿学校去看女儿，她被老师叫出教室的时候，我看见她清新得像春天早晨的一棵小白杨。大概是有她老师在，她叫声妈妈就不再说话。“谁给你梳的辫子？”我问。“我自己。”她乖巧的答着。“真好。”我夸着，然后说去上课吧，回头就要走，她的老师问：“你就看一眼？”我笑笑，心里却因为这一问忽然难过起来“我得去上课呢。”我对她说，也自言自语。就当这是对孩子的一种锻炼吧。

那天夜里和老公吵架，事情的因由想不起来了，大概是因为彼此说话不爱听吧，或者是态度不好，或者追根是因为我那天心情不好吧。一般情况下，一年365天，我是能有360天心情比较好的。但是我知道，我也是人，所以那一天，我心情不好。于是想撒娇想耍赖，而且想想自己是有那资格的。但是我过了头了，老公哄过之后，我依然不依不饶，气得老公大怒，我也就老实下来，因为心疼他，因为怕他生气，于是睡觉。但是自己睡不着，觉得满肚子委屈发泄不了，老公遂搂过我给我一个机会让我发泄。我却忽然痛哭起来，不能自已。哭完后说，我会好的，明天我就会好的，只是今夜我想哭，你就当我不可理喻吧，我保证，明天我一定会好的。于是，在老公怀里安静入睡。

店里的小狗丢了，它的名字叫夏利。那只小狗腿很短，就像夏利车的低底盘，但是还算漂亮，一身白色的长毛。说实话，我是不喜欢它的，因为它来的时候都不会汪汪，据说是生物制药厂用来做实验的狗，所以，也娇气的很，普通的食物是不吃的，当宠物我们养不起，但是总不能饿死它，于是开始那段日子总是给它特别做煎饼鸡蛋火腿肉什么的，说实话，我女儿跟奶奶在家都吃不上这些。所以我不喜欢它，也不愿意伺候它，我都已经很忙了，人我都伺候不过来，再伺候一只姑奶奶样的狗吗？但是，前天早晨，发现狗丢了的时候，看着我厨房边那空空的狗窝，还有那些盘盘罐罐，一股失落涌上心底，再没有谁在我做饭的时候陪着我了，我只盼，它不管是被人偷还是自己跑丢了，都要活着。

今年中考体育考长跑，我们的学生从来没有这方面的锻炼，尤其是我们班的优秀生，跑得很吃力，三圈半走了两圈半，一分也摸不到。我的火一下蹿了上来，除了督促她们早晚锻炼之外，就是自己晚上做梦，总做梦去北京看奥运了，看见人家跑得好快呀，心里就好着急。但是面对学生的时候，我都装得信心十足，一直说："放心，只要你们坚持锻炼，我们也不会拉分的！老师相信你们！"天知道我内心的担忧！本周校本研训是演讲答辩，中午烙烧饼的时候背了 10 几分钟，脱稿说完了之后，一个评委鼓起掌来，我呵呵笑着跑过去故意问，"给我满分呗？"给给！她们和老师们都笑起来，我也笑起来，我说，六个烧饼的时间呢。课间一个同事找我，给我一包零食："我家悦悦给你家萌萌的。"我接过笑着说："我家萌萌谢过悦悦哥哥"，盯着零食微笑，能想象女儿那份喜悦，因为，这不只是一包零食，还是一份牵挂和情谊。

这些天老天爷喜欢刮大风，沙尘暴。经常天昏地暗，裹挟着沙土。有天夜里疯狂至极，我大半夜都没睡，听卷帘门来回扣合，听风过树枝呼啸，我想，完了，我的厨房。果然，早晨去看，满目尘沙，惨不忍睹。中午放学赶紧洗刷，大半个小时，才敢做饭。强烈要求老公把所有能钻进风的地方都给我堵上。但是未果，他忙，我也忙。主要是那些事情我不太会做，但是等我有时间我一定要做好，因为一劳永逸。何况夏天就要到来，下雨的日子也会多起来。

上个礼拜手上磨了两个泡，种了几片菜，种了十几盆花，这些日子，陆陆续续地在发芽，但是有些品种不见任何迹象，有点着急了，不知道是种子有问题，还是自己的播种方法有问题，但愿，早早晚晚，都来和我相会，因为，我已经等了它们一个冬天。

厨房的窗子对着远处的田野，我喜欢看窗外，那里，大片的油菜花正在盛开。

那些大片大片的金黄呀，总让我想起海子的“面朝大海，春暖花开”。

我想，如果，幸福，也未必都是快乐。

那么，我的心里一直是有幸福的存在。

人生卷

命若琴弦

这是一个关于老瞎子与小瞎子的故事。这是一位伟大的作家留给我们的经典的文学作品。这是一个关于命运的故事。

关于故事

一位七十岁的老瞎子和一位十七岁的小瞎子，在茫茫的群山之中匆匆忙忙奔走着，像是随着一条不安静的河水在漂流。无所谓从哪儿来，也无所谓到哪儿去，每人带一把三弦琴，说书为生。

老瞎子的师傅在临终前告诉他有一张复明药方，就放在琴槽里，但非要真正弹断一千根琴弦，否则就不灵。这张药方支撑着老瞎子走过了七十多个春夏秋冬，老瞎子唯一的人生目标就是将一千根琴弦弹断，以图看到世界一眼。后来，老瞎子弹断了一千根琴弦，却发现复明药方不过是一张无字的白纸。老瞎子的梦想残酷的破灭，吸引他活下去、走下去、唱下去的东西骤然间消失干净，他连疯的想法都觉得没有意思了。所以他不想动弹，只是瞪着骨头一样的眼珠询问苍天。但是他还是想起了他还有个小瞎子徒弟，他得让自己的徒弟活下去，于是他千方百计找到了因心爱的女孩远嫁山外而躺在雪地里等死的徒弟，小瞎子悲哀地问：为什么咱们是瞎子？老瞎子说：因为咱们是瞎子。

小瞎子说想看一眼这个世界，老瞎子告诉徒弟：师傅记错了，不是一千根琴弦，是一千二百根。要真真正正弹断一千二百根。于是，老瞎子又把无字的白纸放进小瞎子的琴槽里，就像当初老瞎子的师傅放进老瞎子的琴槽里一样。

于是，一个老瞎子和一个小瞎子，在茫茫的群山之中匆匆忙忙奔走着，像是随着一条不安静的河水在漂流。无所谓从哪儿来，也无所谓到哪儿去。

生命的意义

毕淑敏有一次在大学里讲课，有学生用纸条提问："请问，生命有什么意义？"

毕淑敏想了想之后说："生命原本没有意义。"片刻的沉默过后，紧接着是排山倒海的掌声。大学生们第一次为有成人如此真诚的回答而兴奋感动。但是，毕淑敏接着说："正因为生命毫无意义，所以，我们才要给生命加一个意义！"

记得我当时读书的时候，也很为这个说法喝彩。

老瞎子的故事，不也告诉我们这个道理吗？

一个瞎子，生命的意义从何而来？于是，老瞎子的师傅，或者还有老老瞎子的师傅，老老老瞎子的师傅，便为瞎子们的生命加了一个意义，那就是弹断多少根琴弦，让他的徒弟们有继续生存下去的希望。

于是，瞎子们的生命骤然多了一份意义，每一根琴弦都是紧绷的日子，为了弹断这些琴弦，他们练琴，他们弹唱，他们甚至为了跟上时代花巨资买来电匣子编新词，他们怀揣着梦想和琴声融为一体，兴致勃勃，不仅“给寂寞的山村带来了欢乐”，而且“这也是老瞎子最知足的一刻，身上的疲劳和心里的孤寂完全忘却”。

所以，已经洞彻了人生的意义的老瞎子的师傅老老瞎子临终时对老瞎子说：“记住，人的命就像这琴弦，拉紧了才能弹好，弹好了就够了。”

命若琴弦，重要的是从那绷紧的过程中得到欢乐。

活着的信念

这个故事，总让人不由得想到余华的《活着》。

但那又是绝对不相同的，余华说：“活着就是为了活着。”所以让人感受到更多的是压抑甚至窒息。

但是史铁生不同，他为活着设立了一个目标，一份信念。因此读《命若琴弦》给人的却如一记记重锤，令我们的心灵为之震颤。

活着，一定要有目标。

每个人生命的尽头都要面对死亡。但是，这从生到死的历程里，那些吸引着我们辛苦而幸福的忙碌的东西，才是最重要的。

假使命运真的陷人于万般的不堪，那也得给自己设立一个，哪怕是虚设。不然琴弦怎么拉紧，拉不紧就弹不响，生命，就会变成行尸走肉。

如果你明白了这些，你就会明白为什么大漠上的胡杨，活着千年不死，死了千年不倒，倒了千年不朽。

因为有目标在，生命就有了信念。生命可以倒下，信念，却永远屹立！

命若琴弦，在希望中悦耳，在等待中悠扬，在永不被摧毁的信念中久长。

小瞎子的福气

特别感动的，是故事峰回路转的那个情节。

老瞎子的梦想被无字的白纸彻底粉碎之后，他整天躺在炕上，不弹也不唱，一天天迅速衰老，他知道自己死期将至。直到花光了身上所有的钱，直到忽然想起了他的徒弟，那孩子还在等他回去。

他想自己先得振作起来，但是不行，前面明明没了目标。

但是为了徒弟能够活下去，他又为徒弟的人生设立了一个目标：弹断一千二百根琴弦，就能看看这个世界。

看到这里我内心真的无比感动。

小瞎子是幸福的，老瞎子的希望坍塌了，但是，他却明知结果，还要为小瞎子展开美丽的憧憬，这是一种沉重深厚的爱。

我想，对于一个能够小心翼翼支撑维护你的希望，使之在近乎微茫无光的时候能重燃而非破灭的人，他的存在就是你一生的福气。

老老瞎子就是老瞎子的福气，老瞎子就是小瞎子的福气。

所以朋友们，感谢生命中那些为我们点燃希望的人吧！只要你肯怀着感恩的心态去回望，你就会发现生命的道路上，其实有很多关切的目光，小心的呵护，发自真心的劝告，还有默默无闻的帮助，感谢他们吧，他们是我们生命的希望之光！

命若琴弦，真的不是如我们想象般孤独的苦唱，那就把这些福气传承下去吧，给你身边的人，互爱，会让生命更加有力量。

关于琴弦

从某种意义上讲，我们都是“瞎子”，每个人的人生都有着这样那样的残缺，面对着这些并不尽善尽美的生命，我们怎么活？

史铁生说：“灵魂残疾了的人和双腿残疾了的人是一样的，都是不幸的‘羔羊’，而‘主’不是神祇而是羔羊们的不屈、自新、与互爱。”

不屈，便是信念，互爱，便是力量。而自新，便是我们每一个人尤为欠缺的能力。

老瞎子的一千根琴弦弹断了，念想破灭了，但是他为了小瞎子，又重新设立了一个念想，这次虽然不是为了自己，但是经过生命痛苦的遭遇之后，他让自己的思想转化成了崇高的价值，这就是一种自新。

所以，我想，我们每个人都应该学会不停的自我更新吧。

我们看到生活中太多这样的故事：一个家庭，因为一个人出现了问题，所有人的生活都被糟蹋掉了；一个人终其一生追寻的梦想破灭，于是此人也一蹶不振了；做父母的把一生精力寄托在孩子身上，孩子飞了，便只剩下空巢的伤悲了……太多太多，我想，是不是因为我们的生命琴弦太少呢？我们习惯了拉紧一根琴弦弹唱，当这根琴弦断了，我们就没有能力再续了——这不过是因为我们没有一种自我更新的能力罢了。

命若琴弦，一根根的弹，一根根的续，不断的为自己的生命添加新的琴弦，那么，每一根琴弦都是一个过去从来没有的发现，都是生活的新的激情，都是我们继续创造生活的美好理由。

感　谢

这个故事的作者，是史铁生，如果您和我一样对他有一点点了解，您就会知道，这是一个用生命来写作的作家，这是一篇用生命来写命运的故事。2010年末，年仅六十的他，已经远去天国。

我是第一次读这个已经成为经典的故事，读了很多遍，想了很多遍，逢人便讲，也讲了很多遍。我想，自己作为一个身体健康的只有三十几岁的生命，对于作家这份对生命本质的真切体识能了悟到的必然肤浅，但是，感谢这篇文学作品给我的震撼和思考，感谢这位用生命写作的作家站在人类立场上的沉思，他叙述生命的苦难，剥开人类的弱点，本是为着人类趋向完美。

先生，您一路走好！

活　着

朋友推荐看一本书——余华的《活着》。

是笑着开始看的。因为开头写了不少农村的闲情逸事，大概因为自己是农村孩子的缘故，看那些炊烟袅袅扭动，看那些地头男人的劳作女人的私语，倍感亲切。

但隐隐觉得，题目给人的感觉并不轻松，故事从这样的冷幽默开始，后面会依然这么好笑吗？

果然，这是一个异常悲惨的故事，从主人公福贵在纸醉金迷中败了家，气死了自己的父亲开始，命运就开始残酷地撕扯这一个普通的人家，在时代和命运的摆弄下，他亲手埋葬了自己的儿子、女儿、妻子、女婿和年仅 7 岁的外孙苦根。他身边的人一个个死去了，而他还活着，在死亡的伴随下活着。

阖上书卷，那种沉重感向内心袭来，真的不想再看第二遍。

于是开始在网络上翻阅对这本书的评价，才知道，这部小说十来年前就风靡，后来是拍过电视剧，张艺谋也拍过电影，但是结局都把原作改编了，给福贵留下了外孙苦根。

我想，电影和电视剧是怕作品过于沉重了，于是加给了它一个积极的意义：只要活着，总会有希望。

而原作让这唯一的血脉苦根都死掉的目的在于告诉人们：就算没有希望了，人依然得活着。

“活着就是一种忍受，只是为了活着，没有任何意义可言。”——这是我从网络上看到的很多评论里的主题分析。

作品和分析都让我压抑。于是停止鼠标的游移之后我回忆，除了作品那些一连串的死亡情节之外，我还记住了什么？

我记住了，福贵的女儿凤霞和二喜结婚后给富贵和家珍带来的那些幸福的日子，家珍拉着富贵说“求你再给我说说凤霞”，那份无法言表的幸福在不停的述说和倾听里满足着，朴实而动人。

我记住了，家珍面对间接抽干了儿子血的春生遭遇文化大革命的迫害后，那一声嘱托：“春生，你要活着”，是那么善良和宽厚，让人心里凛然生出一种敬重，因为那是一份超越亲仇的大义。

我记住了，福贵要把凤霞送人时离那户人家近了他摸了摸凤霞的脸，凤霞也摸了摸他的脸，他就再也舍不得把凤霞送人了，于是背凤霞回去，哪怕全家一起饿死也不送人了。那一摸，父女亲情令人心底柔得酸涩，而坚强。

……

想到这些，我分明感觉除了死亡的冰冷外还有一种什么东西也在富贵的生命中真实得存在过，那就是，温情。

虽然这些人间温情被残酷的命运撕扯得荡然无存了。

故事的最后只剩下福贵赶着也叫富贵的那头牛去犁田，在吆喝福贵的时候嘴里也喊着所有死去亲人的名字，好像他们也都是些驾着轭正在埋头犁田的牛。人和其他动物一样没有什么区别，就是为了活着而活着。

然而，我宁肯认为：福贵之所以活着，不是为了活着而活着，而是为了生命中那些曾有过的温情活着，当他叫喊着那些死去的亲人和自己一起拉犁耕地的时候，那些温情就穿越了生死和苦难，给他活着增添一份意义。尽管这份温情是他烘烤了记忆。

如此一想，反倒也觉得温暖起来。想起了一些人，一些事。

那次和那个成天郁郁寡欢的学生谈心，当我问到她的父母时，她低头轻声说，我没有妈妈，我妈走了。我的心一沉，“你妈是外地的？”“是，现在我有了后妈，刚生了小弟弟，我爸说不能供我再上学了，初中毕业就让我去上班的。”她的声音低得几乎听不见。我心里一酸，搂过她的肩头，“记住，这不是你的错，但是是你的命，你得认，但是这一年有老师呢，你好好学，考上了学你爸的工作我来给你做，怎么也得让你上学。”后来这个学生在日记里写道，老师，你给了我生活的意义。

记得，毕淑敏写过的《豆角鼓》，她幼儿园的同桌得了喉癌做了手术再也不能说话。他的妻子希望毕淑敏给她打电话，但是提前告诉她他不能有任何的回应，第一次通话的感觉是怪异的，没有回声的谈话像在无底深潭里投下了小石子。但在第二次通话的时候毕淑敏听到了豆角鼓的声音传来，那是他们上幼儿园时的玩具，听到那个同学用豆角鼓来回应她时，她热泪盈眶，而我，也读得鼻子酸了。

还有，想起了一些博客里的朋友，对我总是最真诚的说，若兮，无论你生活中有了什么困难，告诉我，我会帮助你。我不知道我自己曾经给予了别人什么，我只知道我有时候连最基本的看望和回访都做不到，但是我却收获着这样沉甸甸的信任和关爱。所以，在我面对生活的风浪甚至凄楚时，揣着这些温情，我不会哭。

……

活着，也许就是要经历酸甜苦辣离合悲欢，就像福贵，当少爷时的纸醉金迷其实是行尸走肉，败家后经历的一切苦难才是真正的意义。活着，在艰辛中感受温情，在温情里面对艰辛，这就是活着的意义。

我知道，我们活着都有不容易，虽然未必如《活着》中的福贵那样异常，但是不幸和挫折都是我们生命中不可剔除的一部分，不管什么时候，我们都要记得，只要还有温情在，我们就一定要好好的活下去。

哪怕温情已经被生活残酷地冰冻，我们也要有能力来把它烘烤得温暖而馨香，让温情穿越命运和岁月的阴霾，用来温暖我们活着的日子……

一个西瓜要磕多少头

西瓜是不会磕头的。

每当看到西瓜在市场里小贩的架子上，或者街头农民的车上，或者超市里的柜台上，或整齐或随意的排放着。就觉得那圆圆鼓鼓的大脑袋在争着挤着看着我，就仿佛认识我一般，而我也就不管是不是想买，都不由得多看几眼，带着亲切柔和的目光。仿佛，它们是我的亲人一般。

而每当听到人们说现在西瓜也太贵了的时候，心里总是轻轻的反驳一下：你知道一个西瓜要磕多少头吗？

自己也总是不由得笑。这句话语法不通。西瓜是不会磕头的。是，人要给一个长成的西瓜磕多少头。

想反驳是因为我知道。

关于西瓜，关于西瓜。敲打出这些字的时候，不知道为什么，眼睛却是蓦的想湿润了，那些关于给西瓜磕头的日子啊，那个给西瓜磕头的身影，就这样，像一部老电影，在脑海里回放……

小的时候家里的地很多，除了上学，几乎就是跟父母去地里干活。一个普通的农民家庭，要想过得比别人殷实，便要在地里想些办法播种除了玉米和小麦之外的东西，爸爸就选择了种西瓜。

于是，就开始了给西瓜磕头的历程。

先是播种，那瓜子是要低头弯腰用手去点的，距离要适中，在初春的田野上，以磕头的姿态，播种下希望的种子。而为了赶上好价钱，早些成熟，便还要盖上一层地膜。盖地膜的时候要一人卷开地膜，两人在两边压土，卷的人弯腰，起身，后挪，这一步一步，似乎在跪拜那希望的种子。地膜上面还要用一个个小竹架支起不用太大的棚子。西瓜在它的温室里长出稚嫩的小苗的时候，爸爸便要每天去查看出苗率，一垅一垅的田地便是他每天最熟悉的路。后来瓜苗长顶着地膜了，便要放它出来接受阳光的恩泽，可是有的瓜苗很无力，就需要人给它一个小出口，于是，就要把它头顶的地膜抠开，为了怕伤到它娇嫩的身躯，只能用手了。于是，又一次磕头便在已经是希望的土地上进行着。

而温室里的瓜苗是不会茁壮的，所以要放风。精心挑选着每一个风和日丽的日子，把它上面的棚掀开，让它透透气。

而北方的春天多风，也不是真的温暖，只能中午放它自由，便掀开、盖上的呵护着它，弯腰，恰似谦恭的膜拜。

后来终于藤藤蔓蔓的爬满一地了，却到了最重要的管理的时候，要用慧眼把一些没用的藤条掐去，那是需要俯首仔细的去干的，因为那些选择会决定西瓜的大小和多少呢。当阳光变得有些毒辣的时候，便到了给瓜授粉的时候，雄性的给雌性的授粉，一朵花被掐下，在另一朵花上亲密的接触过，便合二为一成为一个瓜蒂，而这样的过程，又需要爸爸多少次的磕头呢？

只记得那因热穿不住褂子的背，是那么的黝黑，那是太阳和土地赐给的颜色。

爸爸不是多言的人，父爱如山，对他是最好的诠释。而那如山的身躯？，却总是为了西瓜一次次弯下去。

等到满地小西瓜泡子的时候，爸爸便会摘下草帽，把那些拥挤的、畸形的小西瓜摘下来，放到草帽里，扔到筐头里，背回家，这个过程是愉快的，就像去逮调皮的孩子，唯一不变的，是那弯腰俯首的姿态。而那刚长成拳头大的小西瓜，便可以成为饭桌上的一道菜肴了，我一直认为，那是我记忆中的美味。

在每一天地头的除草，瓜地里的精心照料后，小西瓜终于长大了。看着满地圆鼓鼓的碧绿的西瓜，半掩在绿叶下，真像捉迷藏的娃娃，爸爸的脸上，笑的便和太阳一样灿烂……

而也终于到了最后一次给它磕头的时候，那就是摘西瓜。这个时候我们就可以帮忙了，看着爸爸弯腰用手敲击着西瓜的大脑袋，只一下，便听出几成熟，“咔嚓”用剪子剪下来的时候，我们就可以接过，高兴的抱到车上去了。

爸爸的瓜在村里种得是最好的，每年都卖好价钱，加上他是那么勤？劳和聪明，农闲时节再做一些小生意，间或打工，把日子过得越来越殷实。而在这样的每年给西瓜磕头的岁月里，我们姐弟三个渐渐长大、上学、结婚，却从没注意过，那个身影已经远不如从前硬朗了……

直到有一天他忽然就倒下了，在给小孙女喂饭的一个早晨，忽然就滑倒在门边，脑出血，一下子，让一个如山的汉子就这样无力而无奈的倒下了……

从此以后，爸爸再也不能用他的辛劳主持一家人的生活了；从此以后，爸爸再也不能正常的迈出一个步子了；从此以后，爸爸再也不能给西瓜去磕头了，轮椅成了他的伴，拐杖是他艰难行走的依靠。

一直知道，他是那么血性的人，一生从不肯低头在人下做人，他用一个农民最大的努力，为家人支撑了幸福。虽然，脑出血的后遗症让他的头脑变得迟钝，但是那骨子里强烈的自尊，那男子汉的尊严，让他不愿意成为一家人的拖累！于是，他很多次，很多次的说，不如就这样死了吧……

可是，我也一直知道，他舍不得。只是，他找不到希望……

记得那次回家我给他买了西瓜，他见了先不高兴地说："又花钱买这么贵的东西！"我说，"是啊，好贵呢，如果你再给我们种西瓜就好了，到时候啊，你去给我送一车，不把左邻右舍羡慕死啊！"

知道自己是真的向往的，但也知道是开个玩笑让他开心。但是，我分明发现，爸爸那灰暗的眼睛里，闪现了晶亮的光芒，他说："是啊，我要好了，自己弄二亩西瓜不是闹着玩吗？"

我心里蓦的一动，一直以来，我总是在苦恼不能找到一个"希望"让他乐观，可是，这个西瓜，居然让他来设想未来阳光的日子了！忽然就激动的兴奋起来，蹲在他的膝下，我握住他的不能活动的左手，急切地说："对啊对啊，爸爸，这辈子，我好想再吃你种的西瓜！"

他笑了，笑得那么慈爱，那眼神里分明多了一种什么东西，是过去的浑浊和散乱所没有的，似乎是憧憬，是希望！"还能好了吗？还能种西瓜吗？"他自己笑笑，似乎有自嘲，似乎有不自信，但是，我分明能感觉到那淡淡的喜悦和生机。

是的，是那生机。在那个他最疼爱的小女儿抱回西瓜的时刻，在他的心里，是不是也想起那些给西瓜磕头的日子，虽然辛苦的把脊背弯曲，但心是昂扬向上的啊！

我的泪，已经在不知不觉间濡湿了眼眶。忍着，忍着，低头，把他的僵化的大手放在我娇小的手心里，摩挲着，舒展着那被禁锢的筋骨，不让那泪，滴下来……

多么多么的希望，我辛劳了一辈子的爸爸，能再站起来，能再仰起自信的头。

虽然我知道，人不可能再跨进同一条河流。那一个个碧绿圆润的西瓜，已不是昨日父亲摸过的那个，那些逝去的岁月，纵然我怎样向时光苦苦恳求，也不会为我重来。

但是啊，亲爱的爸爸，我多么希望，在你心里种下一个西瓜的梦想，在你每一个孤寂难熬的白天和夜晚，让你想起来嘴边有笑，心里有希望，你千万不能忘了，你的女儿想吃你亲手种下的西瓜！

哪怕女儿再陪你给西瓜去磕无数个头！

幸福的底线

连续几天的大雨，在炎热干旱的北方，并不多见。

路旁有些小的树已经被刮倒了，打伞走路时，水多得要趟河而过。

这样的日子里，一家人最愉快的是不用上班和干活，一起围坐在饭桌前包顿饺子，然后在热气腾腾中欢笑成风雨的日子里最温馨的风景。

可是，雨，有时候是上天悲悯的眼泪吧。看，它不是在这么肆意的泼洒着吗？在悲情的人眼里，大概只是冰冷吧。

父亲篇

早晨，看着她拎着包跟孩子们出门了。是去医院。

本来告诉自己不许哭的。可是，这生病的人连自己的情绪都控制不了。真的是没用极了。本来是想安慰她说，没事的，小病，手术了就好。可是，她已经到了屋子口了，又回头到他身边，整整他的头发，说："我们两个都病，孩子们忙不过来，什么事情我不在家将就着点，不要挑剔。没人的时候不要自己出去，摔了你就坏了。"

她说得那么平静，不像每天下地前对他的吩咐那么专制，虽然他也总是笑她啰嗦和骄横，但是那些嘱咐已经让失去生活能力的他安心得像孩子般遵守了三年了。

只是，今天真的不是下地。因为今天不会回来了。明天也不能，孩子们说10多天。可是，他怎么就有种很不好的感觉呢。都以为他病得有点傻了，其实他心里依然明镜般的透亮。不然，怎么能觉得她临走前声音里的异样。今天，她的声音平静的，仿佛，生离死别一般。

他的眼眶一下就红了，声音就哽咽了，她是他的拐杖啊。这几年已经习惯了她的扶持。要不是看见她转身出去时的泪，他的泪是能忍住的。但是他还是看见了。忍不住低头，用可以活动的右手擦了擦。

都走了，家里一下子静下来。

他坐在沙发上，已经因病变得虚胖的脸，笼上了一层灰色。

而外面，又起风了，天阴的，就像他的心情。他的心里，想起的是这30多年的共同的日子里的那些扶持和磕磕绊绊。

更清晰的，是前几天收麦子时为了麦子怎么存储的那次争吵。

听着外面风雨大作。在心里，他说：“等你回来，回来，再也不和你吵架了。”

母亲篇

过了最煎熬的手术后的那夜。她？总是忍不住伸手摸摸右边的胸口。问孩子们都切除了多少，孩子们说一点。可是她总感觉什么都没了。

只是，还是不愿意承认吧。都切除了的话，就肯定不是简单的增生吧。她心里模糊的问自己。但是，既然孩子们都信誓旦旦的保证说绝对没恶化。为什么不相信孩子们呢?

看看这个当老师的二丫头，居然今天还开玩笑说："妈，幸亏不是我们小时候给你切了去，要不，我们姐仨，肯定为了吃奶打架！"自己都病成这个样子了，她还开玩笑。唉，其实也知道这孩子在给自己开心。

可是，这病万一要是……可怎么办呢？我不怕病，也不怕死，可是，我的任务还没完成啊，家里一个半瘫痪的老头子，没了我，可怎么活呢？我只想把孙女带大，把老头子伺候到死。那样我就可以安心了。

她抬眼看看窗外，还在下雨。十三楼的楼层这么高，依然可以听到雨点落地的声音。正好花生该浇水了，这就省了儿子多少时间和力气。

本来，也没要求别的，就希望自己能有个健康的身体可以帮助孩子们把老头子伺候好。不成想，屋漏偏逢连夜雨。只怕，这病……

她睁着眼睛茫然的想着。

"铃铃……"手机铃声响起。趴在病床前睡觉的女儿一下子惊醒。拿过手机。接通，又递给她，我爸，女儿轻声说。

"喂？""吃了……吃了一个鸡腿，一碗馄饨，一个烧饼……恩，知道多餐少吃……""好了，挂了吧，自己保重自己"。

她递给女儿手机，眼睛里忍不住噙满泪花，这些年了，习惯了在日子中争吵，今天，他如此的用并不利索的语言叮嘱着她。怎么不让她觉得悲从中来呢。

她知道，他在家里等她，需要她，她是他的拐杖。而他，这些年即使是拖累，又何尝不是她精神的依靠呢。

女儿篇

当值班护士问她，手术几天了的时候，她一下子懵住了。不分白天黑夜的病床前的伺候，她真的都不知道天外春秋了，仿佛这些难挨的日子，每一天都是一个世纪。

常常，在母亲睡着时，她的嘴角才合上微笑，一下子趴倒在床边。母亲总说她没心眼，自己妈这么大病还笑呢。可是，她怎么能知道，她的女儿在她看不见的时候在门外的楼梯拐角那儿无声的哭呢。

母亲一生善良要强，怎么上天就要给她预定这样的命运呢？看着她在病床上艰难的支撑，看着她对自己的病将信将疑和强作乐观。她的心里其实像刀割一样。

又想起那在家里要邻居先帮忙照顾的父亲，听说母亲不在家的这几天，他自己忽然会做了很多事情，只需要稍微有人照看一下就好。她都忍不住低头想哭。都只有 50 多岁啊，一生的辛劳换来的合家幸福，就这么被病魔一下子击垮了。

她担心的，其实不是现在的住院治疗。而是，以后的日子里，面对现实的艰难，和两个人都生病的煎熬，还有，这些连儿女都无法接受的，残酷。以及，随时而来的两个人都有可能的，病情的恶化。

松口气的时候她就习惯看窗外，下着雨的街道上，依然清晰可见别人的来来往往的幸福。可是，父母的幸福呢？她们姐弟三个的幸福呢。被大雨冲刷了吧。

母亲醒了，到了该吃饭的时间了。她买饭，回来，母亲说："你把床帮支起来，把板子放上来，我可以自己用左手吃饭的。"她弄好，看着母亲吃，忽然她高兴的发现，母亲还有左手可以非常正常的用劲，而父亲，完好的，是右手！

于是，她呵呵一笑："妈，回家后啊，我爸是右手，你是左手，你们两个就精诚合作，不就是一个好好的人了吗？至少，即使是吵架，还有个人陪你在吵啊！”

母亲瞪她一眼，“就没正形！”但是自己禁不住也笑了。孩子说的，似乎不是没道理啊。

而女儿的心，也蓦然被自己的发现感动了。

她忽然发现，上天其实是很眷顾她的父母的，至少，不管还有多少日子，他给他们剩下了一个完整的左手和右手。

又习惯性的抬头看窗外时，女儿发现，不知道什么时候，天，已经晴了。阳光灿烂的照耀着大地。

城市的大半个可以俯瞰眼底了。心，似乎也开阔了很多。

站在这么高的地方，她想，如果，幸福是一种无法测量的高度，那么，她已经在母亲的心里，刻下一条幸福的底线。

而也在自己心里，告诉自己：幸福固然无法测量和保持，但是，只要，还有一颗乐观平和的心，那么，她就永远能够，给自己不断的，刻下一条条幸福的底线。

贫贱夫妻

一直记得妈妈住院时临床的那对夫妻。

那个女人，胖胖的身材，虽然已经躺在了病床上，但是精神一看就不错，好像疾病并没有给她带来什么恐慌，那淡然的神色和质朴的微笑，就如她那碎花上衣一样，让人看了就不由得心生好感。

女人很善谈，总是笑着说："你和我女儿性格很相像呢，爱说爱笑。"她说起女儿的时候总是很开心，大眼睛里满是最温厚的自豪，因为女儿学习好，勤劳，尤其，还总能说服像驴一样倔强的爸爸。

而那个男人，四十出头的年纪，高高的个子却并不挺拔，不小的眼睛却总是带着茫然，总爱张着嘴笑着看着别人，带着一点傻气。在不经意的低头一看时，更是让人哑然失笑，光脚穿着一双球鞋，裤腿挽着，却一个高，一个低，腿上，那裤子的皱褶里，还夹带着很多泥点，就像刚下地回来的样子。

听说，这个女人的病已经很严重，癌细胞已经扩散，医生是不愿意给手术了，而他们来的时候带的家里所有的积蓄，2000元钱，已经在一周的检查、输液、护理中花完了。家是农村的，大儿子在当兵，小女儿在上高一，亲戚都比自己还穷，这样的局面，让这个男人经常抱着脑袋蹲在病房外面，看着高楼下的马路发呆。

病房里的病人和家属都爱笑这个男人。怎么能不让人笑呢？夜里他老婆要起床上厕所，叫他多少声，他躺在地上睡觉都醒不了，大家笑他也真够宽心的；想和家里人联系的时候没有手机，把手机借给他也不会用，给他拨好了，还没通就开始喂喂，说完了又不会挂电话；医生查床的时候看他光着上身傻看电视呢，就批评他，文明点，穿个背心也行啊。

大家还都不太喜欢这个男人。怎么能让人喜欢呢？来医院都一周了都没有洗过一次脚，那是六月天啊，病房里空气本就不清新，何况加上这汗臭，每次上厕所连门都不关，也不冲马桶，而卫生间就在门口，人来人往，让人过时尴尬极了。

有很多次，小姨来医院换我照顾妈妈时，张口要说他几句，我总是拽住她衣角，用个眼色说不许。因为我知道这只是因为他是个农民，没有这样城市生活的习惯而已，这样灭顶般的疾病，已经让他们夫妻没有办法面对生存了，再有这种来自琐碎的提醒，恐怕对他们而言，就是尊严受损的问题了。

但是后来，这样的事情还是发生了。病房走了一对来化疗的夫妇后，又来了一个和妈妈差不多年纪的阿姨。她来自一个县城，白而干净的皮肤，一双大眼睛透着精明，一开口就知道有张刀子嘴。她只来了一天，就无法忍受这个男人的上厕所习惯了，于是，在一次男人没在病房里时，对女人说："叫你家男人上厕所冲那马桶！怎么连这个都不知道呢，这么大男人了！"

我看见那女人的脸一下红得像块布，尴尬，羞怯，还有歉意，都一起浮在脸上，她低头嗫嚅着说："嗯……"那个阿姨还兀自嘟囔和数落着男人的不是，我却感觉不舒服极了，于是，我找个别的话题打个岔。但是，女人抬起头说："他在家也没干过什么家里的活，都是我干，他不操心，我一下子病了，他就慌了……"她低头不语了，大家也都沉默了。

后来男人一再要求给女人动手术，医生同意了。但是没钱，男人便回家向女人的姐姐们去借，没有人不心疼自己的亲姐妹，一天后，男人拿着一万块钱回来了，女人手术后，男人干得最多的事情就是每天仔细检查药费清单，但是自己又看不出个所以然来，就让我帮他对照，但是每次都是徒劳，看着每天大笔的钱在单子上流走，男人就无奈的嘿嘿笑着说："这医院，宰人哪。"

女人手术后紧接着就化疗了，医生嘱咐要多加营养，但是男人只认识医院食堂，又只会买大锅饭菜，女人总是难以下咽，大家都说你去给买点鸡啊肉啊什么的，他嘿嘿笑着说，我不认识，我于是一点一点的教他说，你出去，往东走，然后到了十字路口向南一点，就是清真寺街，那里的鸡很好吃的。

就是这样的一个男人，几乎是大家的笑料了。包括我在内。

可是，那一次却让我彻底改变了对他的看法。

还记得那次是妈妈说想吃饺子，我就出去买，临走看到吃饭时间了他还在那傻坐着，我说你们吃什么啊，他说不知道，我说吃饺子吗？吃饺子跟我一起出去好了。于是，他跟我一起出去。

到了饺子馆，我问他要什么馅的，他反过来问我，你们呢？我说猪肉茴香的，我说你要多少啊，他又说你们呢？我扑哧就想笑了，我说我们要一斤，他说那我们也要一斤，我心想，早知道这样，我帮你买回去好了。

等饺子的时候我们就闲谈，离开了病房，不用顾忌病人会听到什么了，我就问，你老婆的病到底怎样啊？他叹口气，说："已经恶化了，大面积扩散了"。"那，有钱治病吗？"我担心的问。他抬起头："哪怕花10万，只要病好了就行啊，怎么着也得看病啊，没有我去借，我以后多干活挣钱。"

我的心忽然就一震，他说得很平淡。这朴实的语言，虽然没有999朵玫瑰的浪漫，也没有山盟海誓的温柔，可是，却又分明透着一种理所当然。也许，这病花不了10万，可是，对于一个只有2000元积蓄的家庭来说，他已经做了这样最坏的打算。这个男人，虽然在大家的眼里一无是处，可是，这样的品行，这样对妻子的责任，又怎么能不让人感动呢。

都说夫妻本是同林鸟，大难临头各自飞，在我们执手走进婚姻殿堂的时候，都曾经信誓旦旦地说，无论疾病或者贫穷都会在一起，但是，天底下真正能够做到的有几人？其实同甘和共苦都是很艰难的事，甜美了要经历太多的诱惑，苦难了又要经历多少人性的考验？

也许，爱情太多的是承诺，而婚姻更多的却是担当。当婚姻只是一扇柴门时，你是否愿意依然风雨无阻的奔向它？当爱人疾病祸患缠身时，你是否依然愿意执子之手，与子偕老？

于是，我在心里说着，还好，虽然是贫贱夫妻，但是，灾难来了，却是这样的，不离不弃！谁说夫妻都是同林鸟呢？

只是不知道，那对夫妻，现在还好吗？

心灵的布施

我的婆婆是个非常善良的人。

在路上骑自行车被人撞到，起身后她感觉没事，会让人家赶快走吧，不要耽误了上班，而回家后，自己胳膊腿疼上好几天；家里地其实不多，粮食也就勉强够自己吃，她蒸了热乎乎的新馒头，装一大袋子给贫困山区的学生拿去，只因为在扫卫生时，那个学生对她说，阿姨，我每天都吃不饱；捡了一个手机，倒比丢手机的都上火，让我一定要打电话回去给失主，交还给人家。

这些，且不算，我觉得，她的善良已经近乎到迂的地步。

拿最近发生的一件事情为例吧。

因为婆婆本性勤劳，也因为看我们因公公的病背上债务，将近60岁的婆婆前两年在一所学校里找了一份保洁工作。婆婆宅心仁厚，又勤劳能干，所以做了小组长。后来，有一个机会，她便介绍邻居敏也进去上班了，敏和她虽然差了一个辈分，叫婆婆一声婶子，但是年龄相差并不很远，并且一直关系很好，可以说，一辈子的交情了。但是，人和人总是这样的：相处久了见人心。敏的自私小气在一起工作的过程中慢慢凸显出来，婆婆是长者，又善良，自然对她礼让三分，但是，越这样，她越是变本加厉，稍有不高兴就要甩脸色，就像被娇惯的孩子对父母的爱随意挥霍和伤害。这些，婆婆都不去计较，她时常对我说："一个村出去的，不能闹别扭，让别人笑话，都一辈子交情了，不和她一样见识。"

然而，矛盾还是在无意中发生了。

敏的婆婆80高龄了，患了脑中风，敏因为年轻时婆婆对自己不好，就拒绝伺候，婆婆好心好意劝说："不要这样，她年轻时对你不好，那是她的不对，你现在也别不管她，你尽你自己的孝道，就是在修自己的福啊。"这一句话，可就惹恼了敏，哭天抢地的折腾，怨怪婆婆不理解她，不向着她说了。婆婆为了息事宁人，便给她解释：是你自己的家事，我因为觉得咱娘俩关系好，才这么直说的，我觉得也不为过呀，你要觉得委屈我以后就不说了。

即使这样，敏也心生怨恨，从此基本不理婆婆了，还摔脸色给婆婆看，婆婆是内心崇尚和谐的人，俩人又一起工作，又听人闲话说，敏扬言，就是打架也是不怕的，所以心里便堵了一块石头，面颊几天就瘦下来了，还拿了中药，我知道，这气病，最伤人，也最难医。于是多次劝说，是她的错，别生气，婆婆说："道理我都懂，我也不想生她的气，可是，这气病由不得自己，已经在这嗓子里在心里堵上了。"

唉，真正的拿别人的错误惩罚自己了。这不是迂吗？不去在意就好了，世界和人心本来就不可能都如她一般善良美好啊。记得那天女儿玩的时候听了我们的谈话后问我，妈妈，你说，好人一定会有好报吗？我当时真的无言。

其实，解决办法是有的，敏是婆婆用自己的关系带去上班的，婆婆一句话就可以辞退她，忘恩负义之人就该用这种方法对付的。可是，婆婆拒绝这种方法，她说："她脾气不好，不能这样做，万一她想不开自杀怎么办呢？再说，好了一辈子，为这些事弄个仇疙瘩不值得，我想好了，我不去上班了，让她上吧，我不天天看见她了，我的病就会好的。"

我听了心里真是五味杂陈。我善良的婆婆！天知道这份工作对她的重要性，这是艰苦的日子里，她用劳动来填补对我们愧疚的唯一方法，是她一辈子和公公相互扶持的努力坚持，曾经多少次我劝说她上了年纪了，不要去干了，她都不肯，可是，今天，为了这样一个人，她居然说出了放弃！我明白她心里有多少无奈与委屈，但是，我又觉得，她是这么的迂！这不是软弱可欺吗？

然而婆婆说："这样做，不是怕她，人心都是肉长的，我是不想伤害她，也不想伤害自己，班可以再找其他的，但是，不能就这样僵持下去呀，事情过后，我总会找机会给她说出来这一切的，我哪里都对得起她。"我沉默，虽然不支持她这样，但是我能理解。

于是婆婆开始卧床喝药修养，和领导说好了，身体不好，打算不上班了。

我以为，事情到这里，就算是结束了，婆婆不上班正好，在家带孩子和帮我们做饭，大家都免得这么累了。

没想到，事情又发生了戏剧性的变化。

一天，我下班回到家，看到客厅里放着香蕉和奶之类的东西，女儿在玩，便问："来客人了吗？"

女儿放下玩具，过来说："是敏娘，妈妈，我看见她和奶奶说话，她还哭了，眼泪是这样的。"说着，双手在脸上比划成两条小河。

我进屋，婆婆说，敏带着东西来看我，我就直接说了，说我其实没病，我的病都是让你气的，我把这一件件一桩桩的事情都给她说了一遍，我告诉她，我不上班了，是为了让你上班，她就哭了，眼泪一队队的往下流，她说婶子我不对，我只是脾气不好，你还上班吧，咱娘俩还跟以前一样吧。

看着婆婆舒畅的脸色，我忽然觉得，长久以来我也跟着郁积的那一股火气也烟消云散了，更有另一种的感受在我心里升腾起来，那种感觉叫敬畏。

我从来都以为，宽容是一种美德，可是，无原则的宽容就是愚昧；好人可以做，但是一再忍让就是软弱。这个世界好人好做，可是，谁能把好人进行到底？进行到以德报怨？如果能，我觉得，那就是佛家心肠。

我不参佛，也没读过佛经，但是听说，佛教把布施列为“六度”之首，教人去除贪鄙之心，由不执著于财物，进而不执著于一切身外之物。

那么，我倒认为，婆婆的所作所为，也是一种布施，一种心灵的布施。这种布施，是设身处地的为他人着想，是宅心仁厚的自己承担一切痛苦，是把人从迷惑的此岸渡向觉悟的彼岸的第一座桥梁。

寻找那片野花

“我像只鱼儿在你的荷塘，只为和你守候那皎白月光……”周五晚上 9 点多，我刚钻进被窝要休息，手机铃声就响起来。拿过，接通。“老师，我是王学。”一个微带拘谨的女孩声音传过来。

“王学呀！有事儿吗？”我的声音欢快起来，当了这么多年老师，只要遇到学生，我会立即变得比学生还有朝气。“老师，你明天去市里参加研讨会吗？我回来参加了，但是我们学校就我一个老师，没作伴的，十七中在哪里呢？”她乖巧略带恭敬地问着。“参加呀，我也没伴儿呢，……”和她商量好了各项事宜，挂掉电话，重新钻回被窝。

闭上眼睛，这个女孩儿初中时的样子自然浮现在脑海：普通的眉眼，质朴的衣着，并不出众。但，从她由别的班合并到我的班里的第一天起，就吸引了我的注意力。因为她娴静的姿态还是坚毅的目光？说不清楚了。只清楚地记得她给我带来的骄傲：从年级 25 名到最后中考进了前七名并且进入清中统招生。

铁打的学校流水的学生，她的努力我的骄傲都已经随着岁月烟消云散。记得再见她时是一年前，或者是两年前？也忘记了。那时，她来学校看我，也带来了一个让我惊讶的消息：她已经大专毕业，在涞水县山区做特岗教师。

望着依然娴静如水的她，我奇怪地问："你文科那么好，为什么不复习一年走一个好点的大学？"说句实话，我很不愿意我的学生重走我的道路，我希望她们过得比我好。"

她神色黯然下去，低头说："家里没钱。"我也默然。我知道不只是她，所有普通的农家都一样。然后她告诉我自己报考了特岗教师，如果在山区支教待够三年通过考核并且愿意终身留在山区的话，可以正式入编。

说不清楚自己复杂的心情，我在这样一个并不很偏僻的地方生活和工作都身心疲惫，那么她呢？除了所谓的心灵的富有她还能得到什么？这还是一个如此充满希望的娇艳的生命啊。所以，我什么也不敢说。

一别到现在，我很想知道她的状况。

第二天，我们如约见面。她清纯依旧，红色羽绒服，披肩直发，清清爽爽，干干净净，朴朴质质。开会，吃饭的间隙里，我们谈了很多。

"山区的孩子很好管吧？在那里教学心里一定很清明！并且一定可以省钱，不像咱们这儿，物价这么贵。"我多的是主观的判断。

"那里的孩子基础都很差，大多都是留守儿童，不好教，其实山里物价更贵，因为交通不便。我们每天在学校食堂吃，都是土豆和白菜，没什么油，难以下咽……"她摇摇头说，眉头也不由得蹙起来。

"那，找个对象就好了，有爱情一切都甜蜜。"我换个话题，想让她高兴。

"更难。在那里，你根本就见不到人，吃的穿的倒还好说，那种闭塞，让人看不到希望。"她的语气里透出几多无奈。

"就你一个特岗教师吗？"我想了想，再问。

"不，有三个，另两个忙着考公务员呢。"她说。

“那你为什么不考公务员？”我终于忍不住撺掇她一下，做一线农村老师太辛苦，何况是山区特岗？

只见她把头微微抬起，冲着我笑了一下，然后，说：“不，我只想当语文老师。”她说话语气不重，但是目光坚定。

当时我们站在十七中大门的门外，午后的春风依然微寒，阴天没有太阳，我却忍不住抬起头想找找它，顺便止住微酸的鼻子和眼中的迷蒙。

“我只想当语文老师。”这也是我年轻时曾经对自己说过的话吗？为这，我辛苦践行了15年，为什么这个孩子也会怀着这样相同的理想，而一头扎进大山里不去想功名和繁华？我还需要说什么？

停顿了一下，我笑，说：“寂寞的时候，就上上网，学习点东西，总结点工作心得，在网上别沉溺于聊天，多接触一些对你学习有帮助的人群。关于爱情，你只需要把自己做好，然后耐心的等待，世界上每一个好女孩的出生，都会有一个好男孩在等着。还有，学校食堂的饭不好吃，可以自己做，大白菜也有很多花样的，也可以翻炒出新意和美丽，买个数码相机，把每天的变化和快乐拍摄下来，再有，生活是要我们自己来创造的，只要你的心灵富有，你就是最快乐的……”我说了很多很多，说了自己生活的细节，工作的心得，还有我心里的那些被别人看来是理想的激情，我想给予她什么呢？一份支持和鼓励吗？或者，其实也是想给予自己的？

“老师，我去那个学校，很多事情都让我做，他们还说能者多劳，我有时候很生气。”王学对我说，带着点年轻人的小愤恨。

“是不是能者多劳我不知道，但是我敢肯定，多劳者肯定会多能。你还年轻，多干点什么都是好事，人生，最重要的在于经历。”我轻描淡写，不想让她因这些纠结。

周日研讨会结束的时候，我们一起去车站，她回她的山区，我回我的家，和她一起走在车水马龙的大街上，路边有一个卖盘子碗和花瓶之类的瓷器的，上面印着各种花纹。

看到那些印制粗糙但色彩鲜艳的花纹，我忽然想起了毕淑敏的一篇叫《我在寻找那片野花》的文章：从农村来的荞因为家境贫寒经常受到他人的歧视，给她的童年蒙上了一层阴影。经历百般挫折之后荞长大成人，因为家里支撑不起她上学的费用，于是她抛弃了学业成为了一位印刷厂的女工来扛起生活的重担。但是，后来下岗了，丈夫出了车祸伤了腿，儿子得了肝炎退了学，她的一生就是如此坎坷充满创伤，但她也不忘在每天上班的路上回眸去寻找一片不知名的野花，问候着它们，欣赏着它们，她知道它们哪天张开叶子，哪天抽出花茎，在哪天早晨突然就开了……

想到这里，我内心灵光一闪，拉过她的手问："王学，你那里的山好看吗？"

她摇头，"都是秃山，光秃秃的，什么也没有。"

"那春天会有野花吗？"我热切地追问。

只见她想了想，脸上渐渐地绽开了笑颜，"有！大片大片的野花，可美了呢！"

我也笑了。"记得野花开了的时候，去爬爬山，去拍拍照，去看看那片片野花。"我嘱咐着。

她笑着看着我，脸上因为有了花一样的神采，显得异常美丽。应该和那大山里的野花一样美吧！

又想起了一个在山区做基层官员的朋友，他说，自从自己去了那个乡镇以后，把过去给贫困家庭的补助由过去给村干部的亲属，全部更正为给真正的贫困户，而且过年的时候，用自己的工资买了油去探望一个贫困家庭，给那个极端可怜的孩子聊天要他好好上学，听这样的事情时，我深深地感动。

还有一个朋友，至真至纯至情至性的人，因为单位用人的调整，阴差阳错的被安排在了一个并不适合自己的岗位，杂乱繁重的工作内容几乎让人透不过气来，但是，他告诉我，在周末回家的路上，他坐在大巴里看到了大片金黄的油菜花在灿烂的开放，好美……

我想，他们的心里，也都在寻找那片属于自己的野花吧。

而我们每个人，是不是也都要学会寻找那片属于自己的野花呢？人的一生，谁知有多少艰涩在等着我们？谁知还要经历多少的挫折才能过上理想的生活？

所以不管你每天看到的只是一座座秃山，还是你生活的地方只有钢筋水泥，只要学会付出充沛的爱，学会储备丰足的力量，坚守住自己内心的那份理想，那就足以在征程中让自己的心灵看到花开。哪怕只是不知名的野花，不足以得到别人的钦慕，但那自在的芬芳，那乱石丛中寂寞野外的安然开放，又何尝不是动人的风景呢？

那掠过天空的鸽哨

他喜欢鸽子。

或者说，不只是喜欢鸽子，还有小狗兔子麻雀鹦鹉蝈蝈等等一切可以用来豢养的东西。但是，最喜欢的还是鸽子。因为鸽子可以自由的放飞，又在他的把握中回归。

还因为，他喜欢看鸽子在自家院落上空飞过，穿过云雾，柔韧而不绝，歌哨掠过天空时，是那么清脆的和鸣。

这个冬日的早晨，他又蹲在台阶上，点上一根烟，眯着眼看他的鸽子在头顶的天空飞过，听着鸽哨响亮的掠过，仿佛也掠过心田，便不由得眯着眼睛，微微地笑了。

“吱呀”，大门一响，他一个箭步窜下台阶，三步并做两步到了门口，大女儿的小花袄钻了进来，“爸爸，吃饭了！”女儿稚嫩的声音让他本来带着点火气的心消停下来。在他放鸽子的时候他是很讨厌有人进院子开门的，怕放跑了小狗，也怕惊动了鸽子，更不喜欢这份属于自己的静谧被打扰。但是女儿，自然另当别论。

收回鸽子，关好门，牵起女儿的手，走向父母的老房子。“王一凡？”他故意一副郑重其事的模样。“哎！”女儿清脆的答应。“你长大了嫁人了回家后给爸爸打几瓶酒？人家王一笑可是给我打两瓶呢。”

王一笑是他的小女儿，现在尚在襁褓之中，从小女儿一个月前生下来的那时候起，他就爱拿打酒的问题调侃自己。在农村，谁家不希望有个儿子呢？但是又来了一个女儿，他在医院产房外也曾经一下就耷拉下脑袋去了，半天，自己说出一句话来：“唉，正是关羽走麦城，生儿子才邪了呢。”

他初中没有毕业，对三国也是一知半解，但是依然知道关羽走麦城是点儿背到极点了，用他的理解来说，就是喝点凉水都塞牙。

“我给你打一瓶。”大女儿已经习惯了爸爸的这个问题，明知道他要两瓶的答案，也狡黠的说一瓶，“哼！”他故意瞪眼，“一瓶还兑水不？”“呵呵，兑水！”女儿在这样的曾经很多次的对话中大笑起来。只知道这样的回答爸爸会大笑，其实，怎么能懂得，那阿Q般的自得其乐呢。

在这样的说笑中，进了老房子的门，为了省点过冬的煤，媳妇儿坐月子搬到了父母的老房子。他进屋，先钻进自己屋子努着嘴逗了逗自己的小女儿，这个粉嫩的小家伙，居然也会冲他乐了。“小多头！”他心里想着，却也不由的笑了，“多头”也是自己亲生的，从看第一眼起就没有怨气了。

又出来搀着病中的爸爸上了厕所，他架着爸爸一只胳膊往厕所走的时候，却忽然想起了自己不到20岁的时候学会了赌博，在牌桌上输的眼红不想回家的那次，爸爸去了，进门，当着一屋子人“啪！”给了他一个响亮的耳光，那个时候爸爸在一个半大小子的眼里依然是那么的威严如山，现在……现在山倒了，他却一下子学会了长大。

牌桌偶尔还会去，但是，却没有那般的放肆和痴狂了。两个孩子，十几亩地，父母都在病中，自己还不到三十岁的年纪，他有时候觉得好沉重好沉重……可是，却只能挺起背脊，山倒了，他就得做山，这个朴素的道理，他懂。

于是，不管怎样的挥汗如雨，他不觉得苦；不管怎样的心力憔悴，他没办法累；就是一个人蹲在地里一天一夜的浇麦子的时候，那种天地之间只剩下自己的孤寂也没有把他吞噬。

可是，现在扶着已经连自己都不能照顾的父亲走过院子的时候，他却忽然的心酸和软弱了……他多希望，爸爸可以依然抬起那只手啊，哪怕是打在他张狂的脸上！

还有妈，从小就把他含在嘴里怕他化了的妈，也一身的重病了，却依然在病中为她的小孙女洗着尿布，他也心疼，可是，这么多年被妈娇惯的习惯让他一句柔软的话也说不出，甚至还会对她的唠叨不耐烦的回击。只是妈不知道，当她进病房手术的时候，他这个一向骄横的儿子抱着头蹲在手术室外无声的哭了……

吃过饭，就到时间了，同村的人商量好的，去县里领取补助。

他没想到，一年10块钱的合作医疗真的顶事了。妈的病，住院花了一万多，上次好歹给报销了1000多，这次又下来一个通知，二次补助款到了，再给1000多，有点天上掉馅饼的感觉。

去到村口的时候，才发现人还真多。一个村子这一年里得病的人家就足足两个面包车，虽然生病是绝对的坏事，可是能够得到国家给补助可是好事，乡亲们脸上多的都是笑容。

坐在车里的时候他和村里的人神侃："这国家就是不错啊，惠民政策就是好！"他是个很能侃的人，一向在村里也交往甚多，游走四方，大家就随着他的话题侃开来了。

看着这一车苦难的同胞，他忽然心里到敞快起来：曾经以为自己是最不幸的，一个农家人过日子的所有不幸都让年纪轻轻的自己赶上了，可是，谁家不是都有难念的经？林子哥仨都还没娶媳妇他们的爹就去世了；涛子10来岁就爹死娘嫁人了；老叔家的小儿子开车撞死了；庆有家什么都好，可是就是两口子不生育，连个自己的孩子都没有……想到这，他嘿嘿笑起来，我虽然俩丫头好歹还都是自己亲生的啊。

在比较中心就得到了安慰和快乐起来。

原来，生活就是一首苦辣酸甜的歌，谁也别说谁们家没事儿，那是还没赶上事儿，过去是十年河东十年河西，现在是一年河东一年河西吧。又想，自己出去做次小买卖，顺的时候一天就千儿八百的挣了，媳妇有缝纫的好手艺，带着孩子轻松就也能挣个零花，俩丫头，以后也不用盖房了，这日子，呵呵，这日子也好过的很啊。

就在这样的顿悟和安慰中，他折腾了一个上午把钱取回来，回家给了妈，当然没忘了抽点税给自己。

又想他的鸽子了，于是，拿起窗台上的钥匙，去新房那边放鸽子。

从来不知道冬天的天空还有如此明媚的时候，天空不是灰暗的，而是蔚蓝中挂着几丝白云，打开鸽房的纱门，鸽子飞上天空的时候，他抬头仰望。

仰望中，他的鸽子在他的头顶飞过，鸽哨悠然掠过，他凝神捕捉那声音，仿佛聆听天籁一般，今天的鸽哨如此的悦耳，仿佛从心底升华出了几分欢快。

或者，苦苦的悲秋已经走过，即使冬天，阳光都可以如此明丽。而那鸽哨，似乎也在回环出一份温暖。

感谢你，鸽子。感谢你生命悲秋里带来的慰藉！感谢你，歌哨。感谢你生命四季里带来的希望！

能给予就不贫穷

冬雨淅淅沥沥地下着，北方的初冬已经很冷了。

周末下午，伴着雨声，我和女儿午睡。刚模模糊糊睡着，朦胧中听到有人在敲门。门锁着，敲几下没人在，就会走的，我想。但是，“咣咣咣……咣咣咣……”声音虽然不大，却很执着。

女儿一骨碌爬起来，说，我去开，然后穿外套冲了出去。没准是和小伙伴有约，怕是找自己的吧。我还躺着，没动。

“你奶奶在家没？”只听见有人和女儿边说边进了屋。听声音是位老人，我赶紧起身出去，只见女儿引着一位老人站在客厅里，六七十岁年纪，有点蓬乱的短发，一身蓝黑色工装服，乍一看，分不出男女。左手提着一个鼓鼓囊囊的大黑塑料袋，右手拿一把破旧褪色的花格伞，伞尖上的水正点点滴到脚上一双劣质皮革大棉鞋上，脚前的地上还放着一个蛇皮袋装着半小袋什么。

我认得她，婆婆打工时相交的一位老婆儿。下着雨，这么多东西怎么弄来的？这是来做什么？我有些诧异。

“我婆婆不在家，串亲戚去了，请您先坐。”我招呼着她。

“没事，不在家拉倒。”她粗声粗气，像是一个不拘小节的老头儿。随手把伞靠在门边，把黑袋子递给我说：“这是给你们的，看看能不能用到？”

我接过袋子，女儿也凑了过来，打开一看，一本崭新的《牛津英汉词典》，几本大学课程的书，一捆崭新的铅笔，还有一个大纸盒子。女儿对那些看不懂的书和铅笔都不感兴趣，一把抓过纸盒子打开。

“哇！这么多的笔！”女儿仿佛从废墟里看见鲜花一样惊叹着。

只见盒子里一溜躺着一排崭新的笔，都还打着塑料包装，黑色、蓝色还有红色，像是刚刚从哪里批发回来，盒子盖上赫然标着品牌：英雄。

女儿欢天喜地地一个一个打开看，有普通钢笔，行书笔，会计笔，一共八支。我很诧异，扭头看老人，她已经坐在了沙发的边沿上，抄着手，笑着看着我们娘儿俩。

“这是哪里来的这么多笔和书？还都是新的？”我询问道。

“我去大学高层那捡破烂，有一户大学老师的人家让我帮助清理屋子，就是那些装修的垃圾，给了我 30 块钱。他们自己又觉得这工钱太少，然后又给了我这些用不到的东西，说可以去卖些钱。我看了看辞典，标价 118，让别人帮我卖 100，卖不了，我就不卖了。想想你们家孩子以后上大学没准用得着这辞典，就省得买了。这些笔都是新的，你们家文化人多，都爱写字，我就想着给你们留着吧。今天下雨，我没出去捡破烂，就给你们都拿过来了。”她像普通老人一样絮叨着一大串，却条理清晰。

“你婆婆是个好人。”她又补充道。

原来如此，我不禁有些感动。说起这位老人，还有一段辛酸的故事。她的男人是在改革开放初期开工厂挣过一笔钱，所以很是自得。儿子在富裕的家庭环境里养成了骄奢的脾气，成家后也四体不勤，还染上了赌博的恶习，有一年把家里的全部积蓄赔在了赌局里，还欠了巨额高利贷。后来在江湖追债中过起了逃亡生活，妻子也和他离婚了，孩子凄凉地跟着两位老人过日子，还日日担惊怕孩子被绑架。后来老人的男人又得了脑血栓，于是一家人的生活全靠这位老太太支撑，据婆婆说她的这个男人躺在病床上还老爷脾气，张嘴就骂她，甚至还作势要打她。她呢？先是去当清洁工，后来年岁大了，没人要了，就开始捡破烂为生，养着男人和孙子。

她的这个孙子跟我上过学，我是她的班主任，因为知道特殊家庭，所以就比较关注他。有一年这个孩子去果园打工摘苹果，从梯子上掉了下来伤了手，我买了一些营养品让婆婆陪着去探望过。

后来，她经常会给我们送一些自己种的菜，婆婆每次说起，都说这个老婆儿是个好人，有良心。

想到这，我赶紧让萌萌去倒一杯热水端过来给她。然后坐在她对面和她攀谈起来。

"让你清理垃圾的人家心还不错，给了你这么多东西。"我说。

"咳！咱也不能沾人家的光，等玉米晒干了，我去碾些玉米渗儿给他们送点去，城里人喜欢吃咱这绿色食品。"她说，"对了，那袋子里是黄豆。"她又指指她带来的袋子对我说。

"黄豆？你种的？"我走过去打开袋子看了看，豆子颗颗饱满，泛着金黄的光泽。

"是别人不要的破地，我刨了砖头收拾了以后种的。卖了一些，给你婆婆送来一些，她爱喝豆浆，也可以自己去磨豆腐。"她换了换腿的姿势，但还只是端坐在沙发边上。

"谢谢你呀。"我真诚地感谢道，"捡破烂一天能卖多少钱？"我关心地问。

"怎么也有十块二十块，我什么都捡，塑料袋什么的也要。"她还抄着手，点着下颌对我说。

"塑料袋？那能卖多少钱？"我好奇地问。

"一块钱一斤。"她说。

"那一斤得捡多少塑料袋呀。"我边说，边下意识地拎拎那黄豆，最少也有20斤，一斤黄豆大概得两块五，这些能卖好几十块钱。而捡塑料袋，这得捡几三轮车？

我的心有些不安起来，黄豆拎在手里也一下变得分量重起来。

刚要寻思着再送她一点什么，忽然手机铃声响了。我退出客厅去里屋接手机，正打着电话，只听客厅的门“咣当”一响，透过玻璃窗户向外望去，老人拿着自己的伞走了。我打着电话追出大门，来不及喊一声“慢走”，那个蓝黑色有些伛偻的背影就消失在了雨幕中……

傍晚，婆婆回来，我说起了白天的事儿，让她看了老人送来的东西，婆婆感慨着说：“前几天我给她送了一些柿子去。这老婆儿，别看自己很穷，但是太有良心了。”

我又问起她家现在的状况，婆婆说：“老婆儿这样护着一家人过日子，儿子和儿媳复婚了，虽然不敢回家住，但是在外面租房子打工呢，孙子上高中后也去跟父母住了。总算是一个正常人家了。”

我也感慨道：“如果没有这样一个老太太，就家破人亡了。”

吃过晚饭后，女儿在灯下摆弄那些笔，爱不释手。我郑重地拉过女儿的手，告诉她：“这些笔都是新的，来送笔的奶奶家里很穷，她靠捡破烂为生，但是却送给了我们这些笔和书，所以，她又是富有的，你知道是为什么吗？”

女儿偏着脑袋想了想：“知道，我们学过一篇课文，《能给予就不贫穷》，这位奶奶也是这样的，对吗？”

我点点头，“所以，不管以后我们过什么样的日子，都要记得做心地善良的人，多给别人关怀和帮助，因为，能给予就不贫穷。”

女儿的眸子闪烁着晶亮，若有所悟地点了点头。

人生两件事

周四下午放学后，和学生小磊谈完心，已经将近5点半了。

暮色中，匆匆赶回家，天色已黑。先回家去看女儿——这是每天必做的功课，我告诉自己：你可以陪你的学生一天，陪你的老公一晚，那么，你就可以陪你的女儿哪怕一会儿，因为只有她，才是你安心的源泉。

进院子大门，就看见女儿屋子里亮着灯。“萌萌！”照例喊了一声，可是，却没有像往常一样飞出一只快乐的小鸟扑向我的怀里。很纳闷，放车子，推门进屋，门“吱呀”开的时候，女儿却没有一点反应，只见她扭着腰肢歪坐在书桌前，左手托着腮，右手很费力地在写作业，仿佛在面对千斤重担。

“怎么啦？乖？”我从后面摸摸她辫子亲昵地问。

“没——事——”她拉着长音，闷闷不乐，头也不抬。

“咦？好像乖乖不高兴。”我弯腰侧过脸贴上她的面颊，“有什么不高兴的事儿吗？”

“没有。”女儿蹭着我的脸，矢口否认，可是，声音却有些发涩。

我不再追问，只亲昵着她的脸，等她自己说。

果然，沉默片刻后，她说：“作业太多！写了这么长时间都写不完！”不快和委屈溢于言表，眼圈儿都有点红了。

我站起来，拿过本子，翻了一下，问："什么作业？"

"看，写了这一页了，还要写半页。"女儿翻着自己的本子指给我看。原来是生字词，大概需要抄写一页半。不多，对于四年级的孩子来说，这并不多。

一向乖巧的孩子，从没对作业有过异议，今天怎么了？因为相比往日今天作业的确多？还是对学习失去兴趣了？或者是孩子在长大，有了自己的主见？我坐在床边寻思。

"妈妈不要坐了我的手工。"女儿忽然着急的提醒我。

我这才发现，半张床都是纸板和彩纸，还有胶带彩笔布条——像个杂货铺。

见我疑惑的目光，女儿有点不好意思的解释："我要做一个手工的房子，有楼梯有床一切都有的那种，下午放学和小叶子一起做了一会儿，她回家了，我们今天没能做完。"

哦，明白了。我暗自思忖了片刻，便蹲下身来，趴在床边，歪着头对女儿说："萌萌，妈妈给你出道题，我们每天呢，都要遇到很多的事，每个人的一辈子，也都要做很多的事，别看这些事儿复杂，其实归结起来，就是两件事儿，你知道是哪两件事儿吗？"

"两件事儿？嗯……快乐的事儿和不快乐的事儿？"女儿有了一点儿兴致。

聪明！差不多和妈妈想的一样了，妈妈再问你，为什么有的事儿会快乐有的事儿不快乐呢？"我顺势启发。

"因为有的喜欢有的不喜欢。"女儿毫不犹豫。

"对呀，所以人生两件事，一件就叫'自己喜欢的'，可是除了自己喜欢的之外，还有一件事，叫做'必须做的'。例如，妈妈每天要做很多的事情，在学校里管理学生，回店里照顾爸爸，回家辅导你的学习，还要洗衣做饭收拾卫生，每天从 5 点半起床到晚上 9 点都没有一点属于自己的时间，这些，都是我必须做的。”我掰着自己手指细数，又看着女儿的眼睛说道。

女儿眨眨眼，很同情的看着我。“可是，你知道吗？”我继续对女儿说，“世界上有这样几种人，第一种人，他每天都在做必须做的事儿，没有自己喜欢的事儿，所以他一辈子都是一个不快乐的人。第二种人，他先做好必须做的事儿，然后就有时间去做自己喜欢的事儿了，所以他有钱，也有快乐。最幸福的还有一种人，他把必须做的事儿当成快乐的事儿，所以，他的人生就剩下几件事儿了？”我问女儿。

“一件，就都是快乐的事儿了。”女儿若有所悟。

“对呀。所以当妈妈想明白这个道理的时候，我就把这些必须做的事儿当成喜欢的事儿去做了，而且真正喜欢上了这些事儿，所以，我每天虽然很累，但是很快乐。其实大人小孩都一样的，每个小孩必须做的事儿是什么呢？”我问。

“学习。”女儿想都没想。

“嗯，”我接着说，“除了学习之外，小孩子当然也有很多自己喜欢做的事儿了，比如玩儿呀，看电视呀，唱歌跳舞呀，做手工呀……”说到这儿，我故意看了一眼床上，女儿被猜中了心事，脸一下红了。“这都是很正常的，只有有自己的爱好的人，才是活得丰富的人，活得快乐的人，所以，当必须做的事儿和喜欢做的事儿发生冲突的时候，为什么不把必须做的事儿也变成喜欢做的事儿呢？”你看，我拿过女儿的作业本。“这些方方正正的字，多漂亮，它们就像一块块盖房子的砖，你写好了，明天就能受到老师的表扬，将来你的学习就会盖起一座大厦，这难道不快乐吗？你以后年级会越来越高，作业会越来越多，所以你要学会快乐的有效率的去面对作业，然后再去做自己喜欢的事儿，否则，你玩儿不好，也学不好，是不是？”我柔和的摆出自己的观点。

女儿点头说，是。

“那好，妈妈去爸爸那里了，自己累了先去吃点东西再写，得学会调节，好吧？”我起身拍拍女儿肩膀，拿起包准备走。

“妈妈，”女儿喊住我，“我打算一会儿写完了作业，把我摆的这些东西们都分类整理一下，你看我弄得这乱七八糟的，像个垃圾场。”女儿指指自己床上的狼藉。

我笑了，因为我知道，心结已经解开。

吃完晚饭，还是不太放心，骑车回家再去看看女儿，刚进屋子，女儿就像小白兔一样跳出来，拿着作业本，“妈妈检查一下，看看写得怎样？”很献殷勤，我看了看，工工整整，“不错，这些字都很高兴的样子。”我开玩笑说道。

“妈妈，你再来看我的手工用品。”女儿拉着我到床边，只见所有的东西已经分类整理，装到了一个鞋盒子里。“你走了以后，我就想，我为什么不做一个快乐的小女孩儿呢？所以我就好好地把作业写完了，我发现，也没有我想象的那么多，嘻嘻。”

我也笑了，抱起女儿，只能勉强抱离地面了——她现在只低我半头了。

“嗯”我附在她耳边小声说，“妈妈再告诉你一句话——只要你喜欢，辛苦也是幸福 。”

女儿搂住我的脖子，深深地亲了一下我的脸颊，然后看着我，微笑着点了点头……

你那美丽的麻花辫

从小就知道你有过一条美丽的麻花辫。那是一张已经有些发黄的黑白照片：那粗黑的麻花辫弯绕过你的颈项，随着婀娜的身段低垂到腰间，杏眼含笑，风韵无限。

童年里，就听你咿呀的清唱一些戏文，据说，你曾是村里小戏班的台柱子，这条麻花辫曾让你风光无限。结婚后，虽然你离开了水袖飘摇的戏台，但你从来没有失去对生活的热爱。你勤俭持家把日子过得红红火火，一张巧嘴解开了多少夫妻婆媳的恩怨，即使要饭的来到门前，你给的东西也格外多，大家都说你是一个好人。

都说好人有好报，当我们三个儿女都成家了，突如其来的脑出血却让你的爱人瘫痪在床，命运的变故，生活的重担，繁重的农活，一下都落在你的肩上。正所谓祸不单行，两年后，你突然因为乳腺癌也住进了医院，当我们姐弟三个蹲在手术室外抱头默默流泪的时候才明白，这两年，你的心里承受了多么巨大的压力！

所以一直很心疼很心疼你。记得你出院后的一天，我回家去看你，那是一个冬日的清晨，我风尘仆仆的推开家门，你笑着迎出来，先问："吃饭了吗？""没有，给我做点吧。"我撒着娇回答，实际上是不想让你觉得自己是个病人。"吃什么呢？"你疼爱地问我。"方便面，简单好弄。”我说。你扭头进了厨房，从我身旁走过的时候，几根发丝从你头上飘落，我的心一下子惊怵起来，伸手抓住了那几根头发，呆住了，不是化疗之后你没感觉疼痛难受吗？我们还暗自庆幸我们的妈妈可以少受点罪，为什么你的头发还是在脱落？……难道，你虽然难受却不对我们说？

这个发现，让我心里有些酸楚了，于是把那几根头发放到垃圾桶里，坐下和爸爸说着话。一会儿，你就端来煮好的面，面上还卧着一个嫩嫩的荷包蛋，散发出诱人的香气。我本不爱吃方便面，可是，在我的眼里，今天的面也成了难得的美味。

我吃着，第三筷子挑上来的，就是你的一根头发，黑黑的，缠绕在面里。我愣住了，抬眼看你，你正和爸爸说着话，那头顶上，头皮已经分明可见了，我低头悄然把头发轻轻地挑出去，只觉得泪水一下咸涩了我的嘴角，模糊中，低头看面，却没有本来该有的厌恶，接着吃，接着吃……你问：“好吃吗？”我低头说：“恩”，而这面里，其实我又发现了一根头发的，但是我不在意，真的，不在意，泪光中，眼前挥之不去的，却是你曾经美丽的麻花辫……

吃完后，我对你说：“妈，明天我抽时间去给你买个假发吧。”你笑了，说：“好啊，我也不想那么多了，把每天当最后一天活吧！”我的鼻子一酸，泪差点又落下来，可是，在你的笑容里，我的泪被融化成了和你一样的笑容，妈，你这句话真该是一个哲人说的啊，就是健康的我们，也应该把每天当成最后一天来活，这就是一份乐观和坦然。

在笑容中，我眼前又浮现了你那美丽的麻花辫，那是人生的大戏台，你慷慨悲壮地唱着，成为一出永不落幕的经典……

大　姨

我妈有一个哥哥一个姐姐，一个弟弟一个妹妹。大姨就是我妈的姐姐。

姥爷活着的时候是村里的书记，三里五乡，有头有脸。大姨到了谈婚论嫁的年纪，姥爷做主给找了一个工人，尽管只是煤矿工人，但是在那个年代，也算是一份荣耀。只是，离家很远，从此，大姨远嫁他乡。

远嫁他乡的大姨，几年后生了一儿一女，日子平凡而快乐。?

后来，在我还不记事的时候，大姨夫得了癌症，去世了。后来听爸爸说，爸爸赶着小驴车走上大半天的路，去帮着处理丧事，那时候，表哥被抱着打幡，表姐尚在襁褓之中。

大姨成了寡妇，寡妇门前是非多。况且，人死交情亡，大姨夫家族的人们也欺负孤儿寡母，大姨想往前走一步。

思想守旧又发号施令惯了的姥爷下令了，不许。于是，大姨带着一儿一女艰难度日。

在我能记事的时候，听说，有一些年，大姨带着儿女去山西做小买卖维持生计。其中的辛酸不知道远方的亲人们能不能体会，只是大姨每年过年都回家一次看望父母和兄弟姐妹们，给大家报平安。

流年似水，从不到30岁就守寡的大姨终于熬到孩子们都成家立业了。

然而，成家立业的孩子们依然没能让大姨松心。表哥第一个孩子是女儿，生第二个孩子的时候可就犯了愁了，大姨和表哥是铁定想要男孩的！表嫂人老实，也就顺着，于是，怀孕了，到了几个月，检查，不是男孩，做掉。再怀孕，还不是男孩，做掉。最后无奈，怕伤身体，终于决定不检查了，生下什么算什么，结果，还是女儿。一家人仍然不能认命，把女儿送人了。接着当超生游击队，到处躲着接着生，终于，生了一个儿子，皆大欢喜。

不想评判大姨在传宗接代上的态度，因为我们都知道，这么多年孤儿寡母太苦，她太知道在农村有男孩可以顶门立户了。尤其，我们更知道，大姨想给大姨夫家留下一条根。

一生的苦难，一世的空守，留下一个孙子，对于大姨来说，也许才是正果。

……

昨天，我们表兄弟姐妹十几个人，开着几辆车，去看大姨。都是十多年没去过了，因为远，也因为都成家立业了反倒不好聚到一起，今年弟弟极力联系，终于都倒出时间，去看我们的大姨。

到了的时候才发现，原来如果有汽车，路也没有想象中那么远。大姨早早的在大门口迎接，娘家来人了，还这么大队人马，对于大姨来说，是一件自豪的事。

一进院子，就看见农村摆席才有的那种阵仗，桌子椅子的堆在院子里，还专门请了一个厨师！我们笑说，“大姨，没搭个喜棚啊！”

寒暄过后就是开饭，路太远了，到了已是中午。席间说话，大姨家的表姐说：“你大姨现在是活神仙了，上午看戏，下午打麻将，晚上睡觉，人家早说了，现在给个县委书记都不当！”我们哈哈笑，大姨接过去说：“过两年你们再来吧，我们买了新地方，盖楼，五间的。”“那可厉害呀，上下就是十间，小别墅了！”我们赞叹。

又听大姨絮叨，孙女在上重点高中，明年考大学，成绩一直稳定，孙子上小学二年级，从来没掉下过前三名，她的笑挂在眼角的皱纹里，眉宇间都是幸福，大姨已经苦尽甘来。

找了个没人的瞬间，我拿出一点钱塞到大姨口袋里，大姨推托，我说，不多，一点孝心，你一定要收下。

走的时候，大姨给我和另一个表姐一人一袋花生，说就是你们两个没地，别人家里都有就不给了。我说给我这么多花生干吗呀？大姨说，煮着吃吧，你们都是吃花生长大的，爱吃。

临行，又拉着我的手说：“二姑娘呀，大姨今年开春种二亩棉花，一家给你们一些，让你们絮被子。”

坐在车上的时候，我还在感觉手心的温暖，仿佛刚刚握过温软的棉花。

冲车窗外挥手，看大姨的身影越来越远，在心里又重复一遍今天的祝福：大姨，祝您永远幸福安康。

甘草人生

从没见过你落泪，尽管，生活中有那么多让人落泪的事情。

我女儿出生时的意外，宛如梦魇。医生告诉了你女儿不死即傻的事实，你告诉大家瞒着我，依然在病床前给我端上可口的饭菜。在可以出院的日子里，我执拗的要去看看我那从生下来就没看过一眼的孩子，隔着玻璃窗，她浑身插满了管子在氧仓里安静的睡着。我一下子瘫到倒在地，泪如滂沱。你没哭，搀起我说："医生说了，这样的孩子多了，没事的。"你可知道？就是你的坚强，你的安慰，给了我踏实的感觉，让我在那没有孩子在身边的日子里也安然睡去。

天可怜见，在那些渺茫的希望里，孩子奇迹般的闯过危险期，现在那个健康可爱的小公主，是你眼里的一朵会笑的花。我后来知道，你告诉大家："只要有一线希望，我们都要这个孩子，傻了我们养她。"

村务纷争把公公卷了进去，一生正直廉洁的他成了替罪羔羊，我们几经奔波依然无望。我看到你的脸颊消瘦了，眼窝深陷了，在公公被双规的 30 多个日子里，依然没看见你一滴泪。你依然腰板直直的伺候着一家人，对前来关心的亲朋乡邻说："我们问心无愧，谁要冤枉我们，拼了命，也要讨个清白！"尽管，这个世界有太多丑恶与黑暗，可在你坦荡的眼神里，它们也却步了。终于公公平安归来，你的眉头也就恢复了安详。

祸不单行，一场大病降临到公公身上。医生说，不手术随时都会生命危险，而那笔手术费很昂贵。你依然那么镇静，在这个该哭的时刻，你没哭。你把权利和责任都给了我们，其实那是对我们的信任。我们没有犹豫，拿出来所有的积蓄，甚至还背上了债务。可是你知道吗？我们是那样的心甘情愿。因为这么多年，你已经让我们知道亲情的可贵，它远胜于金钱。

可是那天，你却落泪了。

那是我俩在厨房做饭的时候，尽管没有哽咽，尽管你转过了头去。可是我还是看见了，轻轻追问，原来是你工作时被领导误解和斥责了。你说："这么大岁数了，还……"我明白了，你可以承受任何的坎坷和艰辛，可是，你不能忍受别人对你尊严的践踏，是吗？只因为，你是扫卫生的。我本不愿意让你去做这份工作的，太辛苦，可是又太能理解你想减轻我们负担的苦心。

你哭了，我就心疼了。说："咱过了年不去了，我涨工资了，过了年我给你开工资。"你笑了，说："没事的，我就当锻炼身体好了，没文化，当然要被人看不起了。"然后，你郑重的告诉我，以后砸锅卖铁也要让孙女上更多的学。

看着你释然的样子，我忽然想起了冰心的话："踏过荆棘，却不觉的坎坷，有泪可落，也不是悲凉。"

妈，你知道吗？有一种草，生长在荒芜之地，性坚韧，风沙与干涸不会让它轻易死亡，哪怕有一线生机，它都会顽强的生存下来，这种草叫甘草。

它可以制成药品，味苦，有淡淡清香，很廉价，如果咳嗽或者咽喉肿痛，吃几片就能见效，这种药叫干草片。

而你，就是一株甘草。从那个初嫁的美丽新娘开始，你用温柔贤惠和勤劳支撑起了半边天空。在岁月的风霜面前，你忍耐着，宽容着，努力着，那么平和，又那么坚韧！

妈，在我心里，你是这个世界上最好的婆婆。

因为你不但给了我亲生母亲般的爱，而且让我明白了：命如甘草，我们应该学会坚韧和忍耐。

我相信，命如甘草，那入口的最后，会有一丝丝的甜。就像久旱后的甘霖滋润；风雨后的彩虹初现；屋檐下的春燕再来！

自然卷

春 雪

这是一场有点特别的雪。

在酝酿了一天的寒冷，飘零了一天的细碎之后，终于选择在夜间悄然而下，寂静无声。待早晨推开门时，一切已经尘埃落定。

已经被一场春雨滋润过的大地，一夜之间，让人有了季节错位的感慨，冰天雪地，疑是深冬。

“忽如一夜春风来，千树万树梨花开”，是诗人在冬雪里对春的想像，而此时，在春雪里，却给了人们冬的惊喜。

在北方人的心里，无雪，就不是真正的冬天。2008 年冬天，无雪。

2009 年，雪来得比以往更早一些。踩着 2008 年冬天的脚印，牵着 2009 年春天的裙裾。

是为了弥补冬的遗憾吗？还是，为了给春增添一份别致？本该属于冬天的精灵，在春天里来了一场热烈的舞蹈，于是，我们看到了一场奇特的春雪。

是不是，很多事情本就是这样，越是期待越是不得。顺其自然，反倒易得惊喜？

推出自行车，去上班。

路上都是积雪，小心翼翼的向前滑行，遇车就早早停下。又想起了家里那么多房子和院子得扫雪，危险、又繁重。刚才的美感化作埋怨，本来每天都忙得焦头烂额了，这不是雪上加霜吗？

到学校，布置自习，带领男生扫雪。卫生区是学校前院，大门口已经被踩结实了，学校没有铁锹，只好用簸箕一点点铲，一个小时，终于扫就几条小路，学生的手成了红萝卜，我也有点气喘吁吁。但是，还好，可以正常去上课了，于是，如释重负。

进教室，只见满地狼藉的雪痕，一看就有过激烈的雪仗。毕业班时间就是金钱就是分数就是命运，我想发作。转念，正是不识愁滋味的年纪啊。于是，我问，过瘾吗？不过瘾接着去玩？都低头噤声羞红了脸。我于是笑起来说："真的，都出去操场玩吧，15 分钟时间宝贵啊！"

看学生们欢呼着去了操场，我站在栏杆前看他们雀跃追逐。阳光有些恍惚的露脸了，雪，添了几分妖娆。

微笑着掏出手机，给远方好友发了一条信息："我这里今天下了一场大雪阳春白雪。"马上，见回："我这里连续多天细雨蒙蒙雨润万物。"

会心一笑，又回："横批？"过一会儿，见回："雨雪霏霏。"

扬起嘴角微笑，这份默契和美好，让我忽然感觉，江南江北的春天，都装在我的心里了。

原来，生活，只有一半是天堂，每天的烦忧，总要靠自己去化解，而美好，却还是要靠自己去创造和发现。

放学回家。一天没见到女儿了，想她。

推门进来，"哇！好漂亮的雪人呀！"我由衷的惊叹。只见院子里，有两个雪娃娃，白胖的脸庞，胡萝卜鼻子，煤球眼睛，红丝带围巾，纸杯帽子，破笤帚胳膊，冲着我憨态可掬。

"妈妈！"女儿闻声跑出来，蹲到雪人后面，"妈妈，我是这么想的，我和爷爷堆了这两个雪娃娃，等妈妈一回家，我就藏到雪娃娃后面叫妈妈，然后让妈妈奇怪，雪娃娃怎么会说话呀。可惜，我在写作业，没注意你就回来了。”她不无遗憾的说。

“那好，我重新回一次家。”我推起自行车退到门口，故意把大门开开又咣当关上。

往里走，装作惊喜：“哇！好漂亮的雪娃娃！”赞叹还是由衷的。

“妈妈，妈妈！”女儿的声音极尽稚嫩和撒娇。我憋着笑：“呀，雪娃娃怎么会说话呀，我可得去看看。”悄步转到雪娃娃后面，一下抱住女儿，和她一起咯咯笑起来。

抱着她转个圈，一起唱起歌来：天上的雪，悄悄的下，地上有一个雪娃娃……

其实，孩子的渴望很简单，就想当一回妈妈的雪娃娃。那么，为什么不陪她一块儿上演一个冬天的童话呢？

五月落花

我要说的，不是龚自珍的“落红不是无情物，化作春泥更护花”。那种彻底的奉献，不是谁都能做得到的。

我要说的，只是一棵石榴树。它在我家的院中。

一直最喜欢五月。因为五月榴花红似火。那翠绿的叶，是自然最美丽的颜色，那火红的花，是生活最可爱的激情。

它默默伫立，就在我上楼下楼的楼梯边。我的日子总是匆匆。晨曦中匆匆跑下楼去，一手拽着包，偶尔带着一摞试卷。因为如果是我的学生昨天下午做的卷子，早晨要讲解，所以我是必须要把卷子带回家加夜班的。夜色茫茫时，我匆匆上楼，虽然也有疲惫，但是没有不堪，因为有我的老公孩子在等我做饭，他们是我甜蜜的责任。

就在这样匆匆忙忙中，我还是震撼于它的美！五月的开始，它从树的底部开始开花，从最初的一朵两朵，到一簇两簇，从底部的一抹嫣红到顶部的大片红云……当五月的阳光已经变的有些火热时，它也开出了一树灿烂！灿烂的火红！

不管有没有人欣赏，它用最静悄悄地方式最绚烂的开放着。于是，不管怎样的周而复始的忙碌，因为有了它的开放，五月，没有懈怠。

今天是空闲的，是五月的唯一一天休息。慵慵懒懒的下楼时，却蓦然发现，那一树灿烂，已有大部分变成了落英。

花的季节，如同美女的岁月，催老了容颜。什么时候，那地上有了红色的雨？虽然依然不改灿烂的脸。却不再有娇嫩的水分。

抬头，看树上，已多了无数个刚成形的小石榴，花托是它咧开的嘴，在偷偷的笑呢。

低头，静静的，聆听那花语。似乎，没有呻吟，没有失落，更没有忧伤。

落红不是无情物，只是化作春泥更护花吗？

哦，也许，那凋零的花朵来这世间为的就是一季的绚烂！它们以最决绝的方式离开枝头，是因为它们选择了这样最绚丽的开放。开放过后，便是完成了一朵花的全部生命历程。宁愿，奔向大地。即使香消玉殒，它们也知道灿烂了自己的生命，不再无悔！

于是，想到了晓旭。是不是就是这样一株安静的绚丽开放的花？林妹妹葬花的痴心和伤感不是晓旭来世间的目的，却是晓旭留给我们最灿烂的开放的姿态。花已落，人已去。可是，这朵花飘落时，是没有遗憾的，因为，已经留下了这朵花的最美！那就是开放！已经开放过，落红不是无情物啊，给我们永恒的经典和绚丽。

有时候想想，人的生命就犹如一朵花的历程。为了绚烂的开放，要在春天积蓄点点滴滴的努力，为了结成丰硕的果实，要在夏天努力吸收阳光的恩泽，雨露的滋润。春华秋实，就是我们最平凡的生命历程。

而不同的是，每一朵花都有自己来世间的使命，每一个生命中都有自己开放的姿态。飘零的，如此让人感叹，结成果实的，如此让人欣喜，而那护花的呢，又是如此的让人崇敬！

想想自己，这样的匆匆，这样的无怨无悔，是不是也在追赶生命的花期，静静的开放自己的美丽？

而明天，我要去课堂上告诉我的学生：

所有的果实都曾经是鲜花，却不是所有的鲜花都能长成果实！

所以，每一个积蓄努力的日子，我们要更加努力！

朝 颜

种牵牛花，有好些年了。

一直喜欢这种从六月开到十月的花，看它们攀爬在墙头或者篱笆上，每天晨开午敛，怒放、收朵，再开再谢，周而复始，不厌其烦，点缀着我的日子。

后来查资料才知道，这北方常见的藤蔓草花，法国人却称之为“清晨的美女”，而日本人更是诗情画意，叫“朝颜”。“清晨的美女”这个名字像法国人一样爽朗热情，相比之下，“朝颜”虽是日本人命名，却更有中国唐诗宋词的意蕴，所以深得人们偏爱。

因为这个名字，我也更爱牵牛花。

我种的牵牛花，什么颜色都有，蓝色、紫色、粉色，各种各样，深深浅浅。尽管郁达夫曾在《故都的秋》中回忆，“说道了牵牛花，我认为蓝色或白色者最佳，紫黑色次之，淡红色最下。”我却是什么颜色都喜欢，哪一种颜色不是一粒种子拼尽生命后努力的绽放呢？花形也是大大小小无所谓，甚至于还有的长了一夏天，都还是缠绕的藤蔓带着一堆繁茂的叶子堆积在墙头上，看不见一点开花的迹象。即使如此，也丝毫不影响我对它的喜欢，那一杆一杆萦绕的绿，不也是一种蓬勃的美么？后来读到叶圣陶的《牵牛花》，通篇却不着一句花开，他说："但兴趣并不专在看花。种了这小东西，庭中就成为系人心情的所在。"并且对"不可得见的生之力"大加赞赏，我深以为然。

的确，你若稍加细心，就会看到牵牛花的藤蔓只要有一个支点，就会努力向上攀爬，比如一截矮墙，一根电线，一段竹竿，它都会轻巧的缠绕翻越。假使因为刮风下雨或者这个支点不堪重负，这些藤蔓掉了下来，也没关系，第二天，你就会发现它倒垂的嫩尖又蛇头一般翻转回旋向上爬去了。

这种"不可得见的生之力"不但可以震撼人心，还可以拨动人内心的柔软。日本江户中期的女诗人加贺千代女有一个俳句（日本的古典短诗）曰："牵牛花夺我水桶，向邻里讨水喝。"意思是说，早晨起来到古井打水，看到牵牛花的蔓爬到吊桶上，可爱的牵牛花正开在那里。我不忍心把蔓揪断，只好不动，去到邻居讨水用。在这短短几句里烘托出千代女温柔善良的人格。我也遇到过这种情况，一日黄昏在墙根给我种的蔬菜松土，完毕后随手把小铲靠在墙边，第二天清晨再拿小铲劳作，却发现牵牛的藤蔓已经缠绕上了小铲的把柄，一拿起，它就死死地抱住呢。如此调皮可爱，让我只好轻轻地拿着藤蔓的尖端慢慢绕出来，轻放在墙角，就像终于安抚了一个调皮的孩子，自己也好笑了。

现在爬在我院子里的，是一种别人家墙头不多见的牵牛花。这种牵牛花的种子，是教初一时让一个从小失去了父母的男生帮我采集来的，如今，顽劣的他已经长大，考取了理想的高中，这牵牛花，就不但种在了他的心里，也在我家院子里落户了。像今年这几棵，都不是我刻意种下的，只是去年的种子遗落在泥土里，待我还没想起种牵牛的时候，它们自己就在春天早早地钻出来了，又待我还没有期待花开的时候，第一朵牵牛花在六月的一个清晨就款款开放了，给我无限惊喜。然后就是几朵数多，直到最后数不清。

它们真的特别美。每当清晨来临，太阳还没有升起，淡粉色的花朵就悄然绽放，花朵硕大，犹如碗口，到了喇叭口颜色渐白，每一朵都像亭亭的舞女的裙，在晨风中摇曳着风情万种。她的花质薄如纱，轻盈似绢，又像最娇嫩的肌肤，似乎吹弹得破，又并不羞赧，而是明媚娇艳。

那些日子，正是考试前最紧张的日子，起早贪黑的时光里，除了疲惫就是沉重的压力。但是，正是这一朵朵牵牛花的开放，让我在每个晨曦里快乐地早起，推开门就跑到牵牛花近旁去点数她的花骨朵，和她比看谁起得早，洗脸刷牙的时候，她就陪着我悄然开放，看她们在晨曦中绽放笑颜，看一眼，我就也能带着笑容出发。又听别人说牵牛花的俗名叫“勤娘子”，便觉得真是名副其实，便愈加喜爱它了。

后来又从书上看到戏剧大师梅兰芳也喜种牵牛花，是为了激励自己和牵牛花比早，早起练功，促进自己的艺术和健康。有一次，他正俯身闻花，被朋友看见，说是像在做“卧鱼”的身段。他从中受到启发，便仔细揣摩，反复研究、实践，终于使贵妃赏花的“卧鱼”身段更加完美、生动、传神。并且由花他还联想到自己唱戏行头的颜色搭配，很有感悟。牵牛花能在艺术创作和审美情趣上带来这么多好处，这是他没有想到的。由此可见，一朵花带给我们的真的不只是视觉的享受，还有更多的禅意在其中，所以佛语曰：“一花一菩提”，任何一种花，只要你用心去爱，大概都能悟出独到的花语吧。

还值得一提的是另一位大师——国画大师齐白石，自从于梅兰芳家见其手种硕大的牵牛花后，牵牛花即成为白石老人笔下经常的审美对象，他画的牵牛花朴实优美，多了一份家的归属感与脉脉人情味。如果没有对生活细致的观察和满溢的生活情趣，怎能表现得了身边的这些朴实而美好的生命呢？

艺术源于生活，而对生活多一份细致多一些诗情画意，又何尝不是一种生活的艺术呢？就像朝颜，很普通的花儿，就像我们平实的日子，但是却也有这美丽的名字，这丰富的意蕴，这都得自于我们内心的一种体悟与感动，而这，大概才是生活的本真吧。

五彩白银坨

金秋十月，最惬意的出行，莫过于去看红叶了。

而看红叶，最有名气的，当然是北京香山了。

红叶，从杜牧“停车坐爱枫林晚，霜叶红于二月花”的诗行里，飘进了我童年想象的梦中，那比二月鲜花还美的枫叶，就成了从小渴慕的美景。而知道香山红叶，是因为杨朔的散文，那饱经风霜的老向导闻出的岁月香气，便是香山红叶对我的诱惑了。

终于，上周六，和同事家人结团去香山看红叶了！一路上，我心里一边默念着“一片一片又一片，两片三片四五片，六片七片八九片，香山红叶红满天”的句子，一边想象着层林尽染的美景，那一定是美不胜收无法言喻的。

结果，乘兴而来败兴而归。且不说因为交通拥挤下车走了将近一个小时的路才走到山脚下，也不说香山的叶子只是透出一些模糊的黄晕或者红晕，也不说大多数树木被护栏拦截在爬山道路里依然枝丫秃秃，单是那摩肩接踵的人山人海，就让人心情大跌。

一座山，你无法看到它的肌肤它的风骨，一棵树，你无法抚摸它的枝干它的姿态，一片叶子，你无法凝视它的形状它的叶脉。那它，就不是真的曾经和你相逢。

离开的时候，我想，也许还不是它最美的时候，也许太多的喧闹抢夺了它的美丽，也许，在现代发达的旅游业里，它已经无力维护皇室王妃般的高贵典雅了。

也许，是因为它本就不属于我。

所以，隔了几天之后，再去白银坨，才感觉失落的心情又得到了安放。

白银坨，位于顺平县东北角，东与满城为邻，北与易县交界。属太行山脉。

巍巍太行，也在这里显示出它的雄奇险峻，让你浑身充满力量。说险峻，是因为这座山有一段直上直下的铁索路，至少要胆战心惊的半个小时才能爬上去。说雄奇，是因为道路全部是就地取材的石头稍微垫铺而成，稍有不稳，石块就滑落下去。更有一段路没有了铁索依然陡峻，于是你只能手脚并用全身再山坡上匍匐前行，因为若是大意，一路跌下去就得粉身碎骨。

朋友因为带着 6 岁的小女儿，为了安全，半路只得停下，我和老公自恃体力不错，继续往上爬。手紧紧地抓住铁索，脚小心翼翼地探路，直上直下的地方还不是最可怕，可怕的是绳索和路都要转弯，既要躲开大山对背部可能的碰撞，又要成功转弯上一个更高的地方，就像小时候爬梯子上房，最胆战心惊的便是梯子和房顶的交接处，觉得那一转身便要掉下去。

估计攀岩比这难度也大不到哪里去了。

所以终于爬上山顶的时候，我是先把心放回肚子里，才能够欢呼的！

没有比脚更长的路，没有比人更高的山。如果你亲自尝试过，经历过，便能体会山高人为峰的感觉了。这不但是意志和体力的锻炼，更是思想的体验。

站在山顶，看四面风光各不相同：一面是一览众山小的豪迈，一面是五彩斑斓的山景，一面是层林尽染的红叶林，一面是依偎在一起的情侣背影。

是的，无限风光在险峰。

感觉愉快的，还有一路遇见的人。

因为不是周末，因为藏在大山深处，还因为山群庞大景点多。所以一路游客极少。

而人，便也是这样奇怪的动物。在北京香山，那么拥挤的人潮人海，却个个陌生的视若不见。在这大山深处，遇到的每一个人，都会互相微笑，亲切自然地打招呼。是因为空旷让人害怕孤独，还是因为险峻让人自然结盟？或者是因为山野自然让人没了现代文明制造的人和人之间的疏离和戒备？

“还有多远？”是我们爱问的一句话。听到的回答总是：“没多远了，马上就到了。”实际情况呢，很多“马上”也没到。

回来的路上，当我们被问还有多远时，就忽然体会到下山人的心情了，于是也说：“没多远了，马上就到。”

这才体会到，即使陌生人之间，善意的欺骗也是一种鼓励，只有再怀着善意去理解和传递，才能体会人和人之间的温情。

还有趣的是幽默和可爱。

我们往下倒着攀爬的时候，一位往上走的中年男子贴着峭壁给我们让路。我问：“有没有看到几个带小孩子的朋友？”

“下去啦，估计把你们落远啦！”他说。忽然，又看到老公背后鼓鼓囊囊的行囊，侧兜里没法拉锁的一瓶泸州老窖的脑袋露了出来，此人故作惊讶地呼到：“你就是传说中那个带干粮的人？”

我和老公开怀大笑。

前呼后应更是有趣。

下山时，老公大声喊着没有上山的朋友的名字：“老王——”只听下面遥远处有人应答：“哎——”

于是老公继续喊："你到哪里啦——？"下面又回应："我在下面呢——！"山谷幽幽，人的声音飘荡来去，童趣倍增。

结果，追赶上声音来源的时候，我和老公都哈哈大笑，一位白衣的先生和他的一位黑衣朋友在拐弯处休息，看着我们笑。不是我们的"老王"！

最美不过红叶红。

其实一路爬险峰白银坨的时候，移步换位，就到处都是红叶美丽的倩影。只是在巍峨的白银坨的背景下，它有些羞涩，一小朵一小朵的安静的立在大片大片的或枯黄的野草或苍翠的松柏或冷峻的石头间。点染。对，只有这个词恰到好处。含蓄中透着明亮，浑厚中又显出简单。那美不是震撼人心的，却是柔润而舒畅。

待到下了白银坨，转入黄金峡谷，穿上西岭观赏区的时候，我们又开始了欢呼！

这时候就不是移步换位都是景了，而是你就站在一个地方不动，只需要转身移动目光，就会发现无论从哪个角度看，都是一副绝美的图画。那不是相机可以摄取的，也不是言语可以描绘的，那是你需要静静地凝望，兴奋地呼喊，深深地呼吸，默默地和它交谈才可以领略的。

这里的每一座山，都是五彩斑斓。红色的黄栌树叶似火，黄色的树叶似金，绿色的松柏似翠玉，和淡黄色草丛相间交织，像给山们穿上了一件件五彩锦衣。夕阳的光辉照过来，群山又像被镀上了一层金色，这层金色和原有的五彩斑斓交汇，更显迷人。浓郁的颜色，深深地厚度，简直就是一副副色彩绚丽的油画，它的画师，就是白银坨神奇的大自然。

这里的黄栌树，高大而完整，没有一棵像香山一样断了手臂的，也无须护栏的保护，更无须用绳子或棍子支撑住。就这么随意的长在山野间，或者一两棵偎依在山崖旁，烂漫地笑着。

我这才知道，一座山，原来也可以这样风情万种。白银坨宛如铁骨铮铮的汉子，而这西岭，却像小家碧玉，藏在深闺人未知，用寂寞的热情渲染着山野，用纯真的恬静展现着妖娆。让你惊诧，让你赞叹，让你沉浸……

让你后悔，为什么不早一点来这里？

然而，我又知道，她一直在这里。不管你，来，或者不来。

真的，去香山看红叶，是名气。来这里看红叶，是福气。

敬畏生命

刚刚过去的这个冬天，有一只流浪猫在我家定居下来。

说定居，是因为依然有很多野猫在家里流窜，这只猫，年老力衰，大概是没有能力去奔波和到处偷窃乞食了，也大概是看出了我家的和平安宁，所以就长期留了下来。

这是一只白猫。

那样子却是很让人失望的，长长的凌乱的白毛肮脏到极点。但它又是那么可怜的，每次和别的猫抢食物的时候，它都是反应最慢，抢得最少。

整个冬天，它抓破了锅炉房的一块纱窗，夜晚就钻进去蹲在锅炉旁边取暖，我们早就发现，却一直没忍心修补纱窗。

白天阳光好的时候它就蹲在窗台上晒太阳，仿佛一尊雕像，眼神却是安详的，凝视着屋子里说笑着吃饭的我们。

有时候我放学回家出去买馒头，它会在街口等着我，看我过来，便无声的跟在我身后，仿佛小狗般忠诚，有几分可爱了。

还有时，我过去新房子这边，（我们家两所院子，两座房子，是隔着一条街的对门。厨房都在老房子这边，猫儿也都在老房子这边），它就跟着我，我有时候不在意，它已经跟着我上了一层的楼梯，我忽然发现了，扑哧一笑，对它说："你跟着我干吗？上楼呀，小心我踹你呀！"然后作势抬脚，它却喵呜一声，蹿上了车棚，然后攀上了墙，往老房子那边去了。

……

寒随一夜去，春还五更来。

春天来了。老猫依旧。依旧在老房子的阳台上懒懒的晒着太阳。

而我的心情，却因为一些生命中无法承受的沉重而有了无法挣脱的阴冷。

心情烦躁的时候，它若挡我的路我就踢它一脚。郁闷的时候，我会呆呆的看着它，看它安然自得的样子就奇怪，怎么它就能这么怡然的活着呢？

后来看它愈加的懒惰和行动迟缓，而且那肚子也日渐的大了起来。它是有了小猫了。

我对婆婆说："下了猫赶快扔出去吧，不然，再弄一窝猫咱家可就热闹了，还不把人腻味死？"婆婆没作声。

那天，中午下班回家，看见老猫在门口的姿势是明显的换了的，以往是卧着，这次是半仰着，还伸着舌头舔着自己的肚子，或者说，胸口。那肚子是干瘪的了。我知道，一定下猫了！

"妈！妈！"我喊婆婆，"下猫了呀？"婆婆出来，指指墙角，一小堆玉米皮，上面还有一块破的棉门帘之类的东西。

"昨天晚上下的，我早晨起来给放了个棉门帘，不然，会冻死的。"婆婆说。

真佩服她的善良，但是依然不想家里因为这些猫热闹起来，总觉得，自己的日子尚且顾不过来，哪里还有心情和时间去伺候它们呢？

于是，我说，扔出去吧。放外面大街上很多地方都可以的。

"那不冻死吗？就是不冻死，也会被孩子们当玩意害死的，至少，也要等到小猫大点了再送人或者放到外面去吧。"婆婆说，我知道她一向善良，又喜欢猫儿的，于是看着大猫，不再反驳。

“你看，倒是畜生，多泼辣呀，六只小猫呢，也是在坐月子呀。”

我看那猫儿，还在低头舔舐着自己的胸部，那么的老残可怜，又是那么软弱无力。

忽然，心底就泛起一丝酸楚。

婆婆的话，还有这猫儿怎样卑贱也依然这样活着的样子！忽然让心底那些颓然，那些无奈，那些郁闷，还有那些对命运的惧怕，那些挣扎，一下子撞在一起！

抬起头，看看天空，春风和煦，阳光明媚，麻雀依然欢跃着，无论春秋；杨树长出了要飘絮的毛条，我知道，过不了多久，就会杨花漫漫搅天飞了，为了这生命的延续，杨树会不遗余力的飞絮飘种，哪怕只有万分之一的可能；就连院子中央的老枣树，在静默了一冬之后，枝条不也明朗润泽起来了吗？

都是生命！

或者，世间万物，活着，就都要好好的活着吧！我知道，我心也本是柔软的，是世事让我不得不强硬，可是，我承认，这强硬也让自己有点疼痛的，于是，我不再说什么。

三天过后，中午吃饭时，婆婆说：“小猫不知道被什么叼走了一只，还有两只死了，不知道怎么死的，我把死了的小猫拿出来放在手心，大白猫一伸嘴就又啪的扔了回去，我就说，‘你还扔呢，都死了呢。你个傻猫！’”婆婆说的绘声绘色，尤其老猫歪嘴把自己孩子扔回去的样子一定很可笑。可是，我的心却分明的有点难过了，它真的是低级动物，它看不出小猫已经死了吗？或者，只是明明知道死了，依然不舍吧！

本来爱笑的我却怎么也笑不出来。

想去看小猫，但是我一贯害怕太小的东西。不敢去看。

女儿却热情的很，凑过去把小猫的样子看了个仔细。

……

第二天，小猫居然不见了！

婆婆开始了寻找，原来，老猫把小猫都叼到了放杂务的偏房的一个纸箱子里。婆婆说，如果它发现自己的孩子被人看过了，会倒腾个地方的，那是怕人会伤害小猫。

于是，我蹲下身嘱咐正在院子里玩的女儿，不要再去看小猫，等它长大自己跑出来。

听见女儿答应以后，我站起身，向着蓝天呼吸一口气，忽然觉得前些日子的那些内心的困扰和碰撞，居然就有了一种释放，原来曾经以为的痛楚，在时间的缓缓流过和暖暖的阳光下，在一只仅仅是为了生存的老猫面前，在婆婆一直安然善良的生活态度面前，竟然已经这么的微不足道了。

而另一种的感情却在心底升腾起来，那就是：敬畏生命！

生命的本能就是活着，为了活着和活得更好而努力适应或者改变自己，就像这只为了生存乞讨的猫，又为了生存而搬家的举动。怎能不让人由衷的敬畏呢？怎么能让人忍心再去抛弃和伤害它们呢？

而生命的这种本能却常常若隐若现让身处磨难的人们浑然不觉。尽管如此，人类生存和发展的欲望却从不曾或歇。哪怕只是轻如缕风，袅若云烟，毕竟它曾存在过，纵然面临无数的磨难，那潜入心灵底层的生命的原动力却是倔强且不屈的！

或者，敬畏生命，不只是学会和一切生命和谐相处，更要学会敬畏我们自己的生命！因为，我们是人类，是万物之长的人类！任何的困厄和灾晦都不应该让一个生命消沉和退缩吧？！我们不仅要活着，更要活出几分精彩！

学会了敬畏生命，我们就都可以骄傲的说，这个世界，我曾经来过！

秋日絮语

秋天带着落叶的声音来了。

抬头仰望，几片叶子悠然飘落，尽管盘旋着，仍然是义无反顾的离开枝头，以舞者的曼妙飘向大地。

“未觉池塘春草梦，阶前梧叶已秋声。”秋，悄然而至了。不似春的蓄势待发，不如夏的轰轰烈烈，不比冬的呼啸凛冽。

北方的秋天，静谧得像是一个安稳的梦。

一直喜欢秋天，尽管她和春一样短暂的如人的脖子，但是这个脖子一定是美女的，她是白白的颈项，光滑润泽，还有轻柔的小纱巾装饰着不枯的蝴蝶梦。让人，想伸手触摸，又怕弹破了那份柔美，打扰了那份宁静。

喜欢看秋天的天空。？天空发出柔和的光辉，澄清又缥缈，使人想听见一阵高飞的云雀的歌唱，正如望着碧海想着见一片白帆。？喜欢看秋天的白云，白云千载空悠悠，变幻，是云永远不变的姿态。

还喜欢，在秋天的静谧里检阅心灵。

那些父母的病痛带来的伤痛伴着夏的炎热和忙碌消退，减轻，梁晓声说，只要伤痛不是一个接着一个的，生活就还值得珍惜。终于懂得，心态的平和是医治和减轻伤痛的良药，儿女的安宁镇静，或许才是父母可以依靠的港湾。

那十年早出晚归的辛苦忙碌也得以喘歇。忽然觉得名利淡如云烟了，工作中所有的计较在时间面前都不堪一击。虽然仍在俗人生存的本能上奔波努力，但是，也终于领悟，心灵的一份平和是最美丽的工作状态，绿色，是工作着时最美丽的心情。

还有，那五月里一起看落花的人儿啊，一路走来，那么多心灵的共舞，本以为人生的相聚，珍重了就是永远，却终于在秋天明白，不是所有的花朵都能结成果实，一路同行的人，想要拐弯的，只能是祝福吧，没有悲戚，不想给宁静的秋天添一丝悲凉，亲爱的朋友，请记得，我会微笑着，看你远去，为你祝福。

也许，所有的绚烂都会归于平淡吧。

而我知道，平淡的美丽不是因为平庸，却正是因为它经历了绚烂的极致，那是一种可以致远的宁静，一种可以明志的淡泊。

我不敢说，自己已经拥有了这样的淡泊和宁静，世间诸多细微美好，总是让我内心凄楚，并且起伏不定。但是，如果说，三十岁算是走过了一段人生的话，那么，我愿意用所有的悲欢离合，前情过往，换一份安宁。这样，沧桑人世，就算如风浪卷席，一样可以不忧不惧。

静静地走在秋中，没有秋风秋雨愁煞人的凄凉……

因为，我已经看见那秋天的田野，一地的繁华在农人的辛劳中全部如戏子般谢幕，而空旷的原野中，钻出来的嫩绿的麦苗，是播种下的希望，而这希望，居然，不怕严冬！

生若秋叶

这个秋天的早晨很美。

一夜雨疏风骤，早晨，天，却异常静谧……

走出房间，朝霞映红了天际，村边的树木在霞光里静默着……宁静，这只属于秋天早晨的宁静，现在，有了一种特别的美……

下楼，呵，满院子的落叶！大大小小的，厚厚地铺了一地，不知道昨夜的风怎样裹挟着这些叶子离开了枝头，但此刻，它们安静地躺在地上，互相依偎着，在微凉的晨曦中却让人有了淡淡的暖意。

舍不得扫，更舍不得踩，绕开这厚实的、暖暖的依偎，推车去上班。

黄昏，回家。小心地拿来笤帚，在夕阳的余晖里把它们拢在一起，让它们偎得更紧……

女儿放学了，蹦跳着进了院子："妈妈，我今天已经得到十五片树叶了！我们班里我最多，我很快就会长成参天大树了！"我站起身，看她从门口冲进来时，好像一只快乐的燕子，而此刻，她站在落叶里旋转着身上的裙子，又仿佛一只花丛中翩翩起舞的蝶……

恍惚间，我分不清是春还是秋了。

"杨柳青，放风筝，杨柳黄，踢毽忙，杨柳叶落抽陀螺……"女儿说起了小儿歌，在她的世界里，从来都不乏诗情画意。

而我呢？这些日子，忙得连自我都没了。

自己的考试因为临阵磨枪而焦头烂额，学生的考试是进亦忧、退亦忧的老生常谈，老公的事业虽小有成就，却依然需要一个坚强的后盾，女儿这棵小苗苗渴望长成参天大树仍需要妈妈的悉心浇灌，父母的期盼在电话里隐忍着却让做女儿的不敢有丝毫的疏忽……

于是，我经常抱怨自己就是一只陀螺。旋转，不停地旋转……

可是，此刻，在女儿的小儿歌里，我凝视着这满地的落叶，却忽然安静下来……

杨柳枯荣，本就是四季常态，而忙碌奔波，亦是生活本色，那为什么不在忙碌时安然处之呢？杨柳青了就放风筝，杨柳黄了就踢毽子，杨柳叶落就抽陀螺，即使，冬天白雪挂满枝条时，也可以吟哦“千树万树梨花开”的啊！

泰戈尔在《飞鸟集》里说：“生如夏花之灿烂，死若秋叶之静美”。我知道，他告诉我们，活着，就要完美而又盛大的绽放自己；死时，就像落叶一样，坦然地扑向大地的怀抱……

然而，我想说：生，可以如夏花般灿烂，生，更可以若秋叶般静美……在经历了夏花般绚烂的极致之后，做一片安静的叶子，才是人生最美丽的姿态吧。

这种姿态，就是对生活的满足，对生命的感激，即使不得不离开枝头时，也会微笑着在秋风中和春天相约，来年再会吧——

这是对人生的豁达！

我愿意，生若秋叶，拥抱这坦坦荡荡的豁达！

丝瓜花开

初秋的乡下，是丝瓜花的舞台。

你去看吧，每隔三家两户，准有几株丝瓜从墙头探出窈窕的身姿，露出清雅纯净的笑脸，正是“满园秋色关不住，小小黄花出墙来”。

也有种得多的，铺天盖地般爬满一墙，大有和爬山虎一比高低之势。只不过，爬山虎经过了从春到秋的努力，有些苍老了，而丝瓜呢？满目青翠之中缀满了朵朵清丽淡雅的小黄花，正是最娇俏美丽的时刻。还有攀上树梢的，缠上电线的，伏在柴堆上的，姿态各异，像极了一个个身段窈窕的女子，随着季节的风，轻歌曼舞着。

那丝瓜呢？是青翠绿衣下包裹着的一个个婀娜。有的含羞，掩藏在绿叶之中不语；有的调皮，顺着青藤垂挂出来玩耍。而且她们的同伴是那样的多呀，任你数也数不清，于是有人赋诗云：“黄花翠蔓子垒垒，写出西风雨一篱。”

其实，我本是不爱丝瓜的。

小时候，家里角角落落田间地头，到处都是它的身影，饭桌上，也更是常见。尤其父亲，最爱吃它。父亲做饭是把好手，记忆里的丝瓜总是各式各样粉墨登场，但是不变的是永远保持着鲜绿的颜色。

而我，素来不喜欢吃，因我讨厌它浓烈的异味，于是便每每蹙眉不伸筷子。母亲想要去做别的给我，父亲说："不吃就喝凉水好了，饿着！"他其实从来都偏爱于我，唯独这个"吃"毫不留情，包括我小时候不吃饺子，都被逼着不得不吃了。于是，也就忍着硬吃进去，但是心里还是有些恨它为什么长这么多还这么一种怪味道。

后来再和它熟悉就是婚后了。婚后有一段不算短的特别困窘的日子，几乎一块钱一块钱的算计柴米油盐。于是便也在墙角扔了几粒丝瓜的种子。当日子一天一天挨过的时候，下班回家有时间就拨拉一会儿丝瓜的叶子便成了我的乐趣，忽然一天发现小黄花凋谢之后结出了几根小小的丝瓜了！内心黯然欢喜。稍等两日便正好可吃了，于是摘下来做菜，简单素炒一下，绝不放酱油。丝瓜便翠绿嫩白的放在了桌子上，夹一口，居然吃出淡淡的甜来。于是，那几个秋天，丝瓜成了我饭桌上的常菜，或素炒，或炒肉，或做汤，甚至还会包进老公最爱吃的饺子里。

婆婆说，奇怪了，过去，也都是没人吃的东西了，怎么现在吃着这么好吃了？我也想，奇怪了，小时候吃着它味道很怪，现在怎么一丝怪味都没有了呢？反而是如此的清甜滑爽。

有一次和一个同事谈起，同事也说，小时候和我一样不爱吃丝瓜的，包括苦瓜、香菜、香椿等等所有味道有些怪异的东西，但是，现在却甚是喜欢了，几日不吃便是想念。

于是，我想，是不是，我们真的都已经长大了呢？长大了，生活让我们知道人生不只是甜美一种味道，而是酸甜苦辣五味杂陈着。于是，我们都学会了细细咀嚼一些苦，慢慢享受一些怪。

我又想起了父亲，想起了父亲当初逼迫我去接受我所有不想吃的食物，是不是他老人家在告诉我，人生中，有一些东西是你必须接受的呢？感谢在天国的父亲啊，我如今已经明白，面对一些困厄，面对一些不喜欢，若是怀着快乐的心态接受，其实也可以逐渐变得可爱。

有一个黄昏，我下班路上，看见一位妈妈正领着一个小女孩儿站在墙外的丝瓜藤下，弯着腰在藤叶间寻找着丝瓜，小女孩怀里抱着妈妈已经摘下的嘻嘻笑着，我慢慢骑过她们身边，忍不住一次次的回眸。不知道，小女孩和妈妈对丝瓜又有怎样的情缘？

有一个乡亲，是一个彻彻底底的老实女人，可是，却接二连三的生大病，没有头发了，戴着一顶花帽子，穿着很古旧的花衬衣，看起来似乎不伦不类。一次我去商店，看见她和男人正在大儿子房子外的空地上给丝瓜搭架。现在她家的丝瓜已经爬满了墙头，儿孙满堂了，不知道，这个女人的病情到底如何了呢。

有一对老夫妇，省吃俭用一辈子，供着儿女上学，工作。如今，儿子落户在市里了，女儿也已经出嫁，他们依然守着老房子，老房子虽老，丝瓜花却灿烂地开满了墙壁，不知道，那儿女回家的时候，感受到的是怎样的亲切和熟悉呢？

……

每天晨昏，我都会路过一条条街，穿过一条条巷，都会看那百朵千朵的丝瓜花，看着看着就会生出许多的感动，它们似乎在静静地诉说，诉说着一个个寻常百姓家的故事。

我也终于明白：丝瓜，给予人们的不只是清贫时候的菜肴，富裕时候的绿色，它们滋养的，还有这些普通的农户人家的思想，给予的，是人们世世代代安居乐业的渴望！

哦，丝瓜花开……

月满天心

我不是很喜欢夜晚的人，夜的寂静会让我感觉到生命的清冷，虽然，这同样是一种不是任何人都可以体会到的美。

可是，那一个夜晚，却让我久久地回味。虽不至于如孔子闻《韶》后，三月不知肉味，却也让我总是忍不住地想起它——那晚的月亮。

怎么会有那么美的月亮呢？因为头天晚上那场凉凉的小雨？还是因为白天那轮明媚的太阳？抑或，是因为那天被风雨涤荡过后的宁静而高远的天空？

那天黄昏，我本是要出门去诊所拿一点药的，推出自行车，偶然抬头望向东边的天空，呀！便忍不住叫出了声。只见东边的天幕上，堆积着一大片一大片的云朵，那些云朵厚重却不笨拙，还隐隐地透出银白色的镶边。最奇妙的，是那天空，居然是深蓝色的！从来没见到过这么美的夜空，深邃美丽得如同蓝宝石一样！我忍不住深深地吸了一口气，那些云朵却在我陶醉的时候，悄悄地变幻了形状，绮丽而壮观。

拿了药，再回家的时候，就加快了速度，因为我家院子极为开阔，我相信，一定有特别的风景等着我呢。今天，是九月十六。

果然，迫不及待地推开后院门的时候，便觉得如入仙境。

夜空已经变成更加深邃的墨蓝色，像一块厚重的天鹅绒的幕布，云朵却变的轻柔如羽如纱，云朵飘舞处，一轮明月正在中间恬恬的微笑着。她是那么硕大，仿佛，是上天有女初长成；她是那么圆润，仿佛，经过了太多风雨的雕琢；她是那么明亮，仿佛，被泪水擦洗过后展笑妍……更奇妙的，是在月亮右下角，有一颗星，一颗璀璨的星星陪伴着她。而且极目天边，再也没有第二颗。这颗星，有时候被云朵掠过，可是转瞬又会钻出来执着的守候着，他是那么璀璨，和月亮交相辉映着。月亮，因为星星更显温柔，星星，因为月亮更显光华。

我由衷地感叹，怪不得古人说“春花秋月何时了”。缓步移到吊床边，坐下，仰着脸，微笑地望着。夜空已经被月亮光华映得满满的，我的心空也被月亮的光华盈得满满的，无限温柔。不由得吟出那几个字：月满天心。

天有心吗？一定有的，不然为什么会有“天若有情天亦老”的句子？那么，人心呢？是不是反过来也是一片天空？天空有月便光华四射，美丽动人，心空呢？是不是也该有一轮明月高悬，才会温柔如水？

还有那颗星，那颗星是什么？应该是爱吧。星月同辉，就是爱的相逢。

想到爱，便想到了近日读的周国平的《爱与孤独》，他说“孤独是人的宿命”，我赞成。但是“孤独源于爱，无爱的人不会孤独”。他又这么说。“也许孤独是爱的最意味深长的赠品，受此赠礼的人从此学会了爱自己，也学会了理解别的孤独的灵魂和深藏于它们之中的深邃的爱，从而为自己建立起一个珍贵的精神世界。”初读这样的句子时，我的内心是深深感动了，原来，孤独既不可耻也不可怜，它是因为对爱的渴望、坚守和探寻而存在的独特体验啊。

而这星月相伴，不就是爱的相逢吗？抬头看，夜空如此静美，月亮温柔地注视着星星，星星脉脉地望着月亮。便想起一位朋友说的话："每个人都是一个独立的世界，每个人都有一颗超越银河系的心空。你有真心，你有真爱，那你就是一颗有质量的恒星，你总能与那一颗同样在寻觅你的恒星相撞，于爱的璀璨光华中浴火重生。"说得多好啊，我们虽然生来都是上帝的孤儿，可是只要心中有真爱，就一定能在这世间找到另一份爱来回应，就像这月亮和星星，也许是等了千年万年，可是此刻相逢了，便胜却人间无数。

人世间一切美好的相逢，也该如此吧。就像此刻，我和这月色。

此刻，我起身漫步在庭院里。月光如水，洒在我的脸上，披在我的身上，又流泻到我的心里。想起了那句美好的富有禅意的诗："掬水月在手，弄花香满衣"，这是唐代诗人于史良的《春山夜月》中的句子，一直喜欢，却从不得真意，此刻，沐浴着月华，这句话带着香味从心里袅袅升起，原来，美好的意境是不需要刻意去玩味的啊。而这样的一种境界，在纷扰的俗世里，是不是也该是心空的一种美好的境界呢？不管怎样繁华纷扰，不管怎样风起云涌，我们都淡定宁静，豁达平和，用温柔对待一切，用爱坚守自己，心中便会有月有花，生命便会让人沉醉了。

次日清晨，早起上班，路上只见旭日东升，彩霞在天边织锦。到了学校，来到教室前，秋风阵阵中，那一排白杨树的叶子在风中打着旋儿飘落，像飞舞的蝶。念及昨晚所见的美好景象，我忍不住心中的愉悦，待一位同事来时，我急急地问："你见到昨晚的月亮了吗？"她说："哪里去见月亮啊，早早的拉窗帘睡觉了——即使不拉窗帘，除了高楼，还能看到什么呢？"

我有些怅然，为了那份不能分享的美。然而，我又知道，有一些美之所以会特别，就是因为不是谁都能看到，所以，我又何必怅然呢？

而且，此刻，当我用无限美好的心情记下那晚的美景和感受，说与人听时，我相信，一定会有一颗同样的心灵和我一起分享那月色的。所谓分享和分担，未必要有人在场，但一定会有人可以诉说，也一定会有人能够懂得。这就足够。

万里无云万里天

这几日，秋是真的来了。

带来秋的消息的，有早落的叶子，“一叶落而知秋”，不是惊觉，而是自然而然。还有泛上黄意的丝瓜藤蔓，以及清晨淡淡的薄雾，当然，还有秋风吹着你的面颊，仿佛刚刚被薄荷叶子轻抚过脸。

这个时候，你就会忍不住轻叹一口气，赞叹的，满足的，快乐的。然后忍不住抬眼看一看蓝天，张开双臂，寻找天高云淡的感觉。是的，天高了。仿佛一下子变得澄澈高远，让人的目光不由得沉浸，沉浸在那干净的淡蓝里，再也不愿意回来。

而云呢？是秋日里最美的风景。只要你稍稍留心，便会在短暂的秋日里和云一次次邂逅。

见得最多的，是淡淡的云。

每天上过早自习后，去操场漫步休息一下，我就喜欢向北方看，北方是广袤的原野，没有树木也没有房屋的遮拦，无比澄澈的天空上，漂浮着几丝淡淡的云，就像造诣极深的画师不经意的几抹；有时候又是淡淡的大片的洁白，像少女的白纱丝巾透明又飘逸。它没有什么姿态，甚至若有若无。你看着它时，它在，你不看的时候，也许它就没了；你的心若动，它就轻歌曼舞，你的心若静，它便也安闲自得。

这就是秋天的云，淡淡的，经过了春风的狂野、夏雨的洗礼之后，宠辱不惊，去留无意。

然而，平淡并不等于无趣，秋天的云有时候也展现它的别致。

那天午后，骑车行走在上班的路上，乡间小路旁，是一望无垠的青纱帐，转弯向南之后，抬眼看前方，忽然发现，天空中堆积着层层叠叠的云。那云不是白色的棉絮，也不是乌黑的墨染，而是淡淡的灰色，阳光在它们背后，给它们镶上了白色的银边，它们层层叠叠地堆积在一起，就像立体雕刻一样，呈现出各种不同的姿态，在两旁青纱帐的映衬下，在我骑车的行走里，真的感觉要去向一个圣洁而遥远的地方，拉萨？似乎是的，听说，西藏的云就都是浮雕般的精美。这一刻，我的心就像长出了翅膀，想要飞向那遥远的天堂。

还有那天下班回到家先打算做饭，邻居送了一个南瓜，据说很好吃。于是决定做南瓜疙瘩汤。等水开的时候，便坐到厨房前的吊床上看着天空发闲呆。一群鸽子在我头顶盘旋飞过，几只麻雀叽喳着追闹，在杨树上跳跃着。把目光投向南边的天空时，忍不住惊喜地叫了一声，哇，云海！那些浓密的白云，让人感觉仿佛站在高山之巅，云雾缭绕中隐约着高高低低的山峰，就像波涛汹涌的海浪一样，仿若仙境。让我一下子想起暑假去驼梁山归途中看到的云海奇观，曾经的真实感受和眼前的虚幻融为一体，又让我感觉人在云中走了。

沉浸中，又想起厨房里的汤，进厨房去看看，再出来，那云就淡了，山没了，海没了，只变成大片大片的，夕阳斜射过来的光辉映照在云的侧面，它便染上了一层淡红和橘黄，仿佛给天空批上了温柔的纱。而厨房的蒸气也随着屋门的缝隙钻了出来，不是袅袅炊烟，却是人间烟火，我依然坐下来，就这样坐看云起时，心中默念着自己刚诌的句子："我是归人，云是过客。"便微微笑了。

还见到过一次秋云的华美演出。

也是一个黄昏，站在门口顺着道路向西看。西边就是田野，漫天都是云霞，夕阳在乌云后执着的散射着最后的光芒，淡铅色的云先是被镶上了一道道金边，夕阳又在渐渐沉落中忽然挤出一道缝隙，于是阳光就一下子倾泻出来，那些云就被这阳光劈开，变成七彩的了，红的绚烂，橘色的耀眼，淡的厚重，黄的明媚，交织在一起，真的如一匹匹锦缎。而夕阳穿过这些云层把光辉铺洒在村落上，房屋和树木忽然具有了光彩，但村落上方的天空却还是昏暗的，你会感觉房屋、树们一下子都站在了有镁光灯的舞台上，变得灰蓝的天空就是它们的幕布。

这就是秋天的云，平静中，也偶尔浓墨重彩的渲染一番。更有趣的，是它也不乏童心，有时候还会给人们制造一点惊喜。

那天下午上完两节作文课后，稍作休息。忽然听到外面学生们似乎在欢呼什么，走出办公室，也惊喜地欢呼起来，太阳雨！

西边太阳明媚灿烂，头顶上几片乌云飘忽，雨丝从天而降，在阳光的照耀下，闪烁着银光，不大，像银丝在空中穿梭。抬起头看，阳光穿过树叶的缝隙，亲吻着这些银丝，这些银丝又在阳光的亲吻里落到树叶上，地上，还有孩子们欢呼的脸上，此刻，校园里的一切都变成亮晶晶的了。

彩虹！不知道谁又喊了一声。东边呢！大家都向东边看，真的啊，赤橙黄绿青蓝紫，横贯东边的天空。彩虹于我们并不罕见，但是，这一时刻，西边日出，中间雨，东边是彩虹，还有，这么多人一起看到，这才是欢快的理由！

这就是秋天的云，淡泊中不失绚丽，绚丽中自有可爱。

而就在今日，在我用文字回味这些美丽瞬间的时候，窗外，却是万里无云。我认真的找过了，没有一片云彩。却没有失望，因为想起了一句偈语："万里无云万里天。"佛家解释这句话说：天如佛心，是本性，是镜台，云可看做物欲，是烦恼，是尘埃。万里无云，便是万里晴天，物欲烦恼尽去，佛心本性自然展现，尘垢除拭，明镜自然恢复光明。

说得多好。对天观照自己的内心，是否也能万里无云？

这，就是秋天的云。给我们走向成熟该有的一切姿态，和思考。